集英社オレンジ文庫

魔女の魔法雑貨店　黒猫屋

猫《ぼく》が導く迷い客の一週間

せひらあやみ

本書は書き下ろしです。

Contents

魔女の魔法雑貨店 黒猫屋

猫《ぼく》が導く迷い客の一週間

せひらあやみ
Ayami Sehira

イラスト／六七質

プロローグ

導き猫と迷い客

——魔女の魔法、あります

黒猫屋《くろねこや》の看板には、そんな文字が躍っている。

看板が風に揺れ、僕《ぼく》の首元を飾る鈴が、柔らかな音を響かせた。通りには、新しい季節の香りが満ち満ちている。

日差しの暖かさに重くなった目をちょっと開いてみて、僕は髭《ひげ》をピーンと立てた。僕の輝かしき相棒であり魔女でもある彼女が営《いとな》む、我が『街の小さな雑貨店　黒猫屋』に、今日も迷い客がやってきたのを知ったからだ。

きょろきょろと不安そうに目を泳がせて、時には物陰に身を隠したりなんかして——。まるで捨てられたばかりの子猫みたいだ。なにかを失くしたのか、それとも失くされたのか。奴は、自分でも気が付かないうちに、鈴の音がまた響くのを待っている。魔女を探す人間のお客は、いつもこんな感じだ。道に迷って、知らない場所でも歩くみたいに頼りない。

僕が気を利《き》かせてもう一度首元の鈴を鳴らしてやると……。

「黒猫屋……？」

どこかぽかんとした顔で看板を眺めて、迷い客は、導かれるように門の向こうへ——魔女の待つ黒猫屋へと消えていった。

さて、本日のお客は、いったいどんな魔法をご所望《しょもう》かな。

そう思ったのもつかの間、太陽の暖かさに背中を押されてくわっと欠伸《あくび》をして、ふたたび僕はまどろみ始めた。

今日からまた、新しい物語が詰まった一週間が始まる。

第一話

月曜日のバスタイム

——命は庭に咲いている——

黒猫屋《くろねこや》に入ると、森の匂《にお》いがした。どこか土っぽくて、でも優しい匂い。これが黒猫屋の匂いだ。

この黒猫屋は、住宅街の中にひっそりと佇《たたず》む小さな雑貨屋だ。店内にはドライツリーや生まれたばかりのハーブの苗などが飾られていて、外の住宅街よりもずっと自然を間近に感じられる。黒猫屋は、不思議な店だとつくづく思う。

黒猫屋の看板には、夜空に浮かぶ月と可愛《かわい》い黒猫が描かれていて、その首元には本物の鈴が揺れている。『街の小さな雑貨店　黒猫屋』という店名と一緒に添えられた、魔女の魔法あります――なんていう但《ただ》し書きを初めて見た時には、面食らったものだけれど……。

「淑子《としこ》さん、ドライハーブの種類はこれでいいですか？」

あたしは、バスケットいっぱいに広げたドライハーブを、黒猫屋店主の弦巻淑子《くろまきとしこ》さんに見せた。彼女こそが、『視《み》える』と噂《うわさ》の黒猫屋の魔女。長く伸ばした銀色の白髪を後ろでまとめた、小柄な可愛らしいお婆《ばあ》ちゃんだ。季節の花がたくさん散る小洒落《こじゃれ》たワンピースに、洗い立てのパリッとしたエプロンを付けて、淑子さんは今日もにこにこと微笑《ほほえ》んでいる。

「ローズマリーにバジル、ミント、ディル、セージもあるわね。ばっちりだわ。ありがとう、奈津《なつ》さん」

出会った時と同じように丁寧《ていねい》に名前を呼ばれて、つい頰《ほお》が綻《ほころ》んだ。

淑子さんが言うところによると、魔女という存在は、今でもヨーロッパではそう珍しいわけではないらしい。魔女はかつて、森と村の境目に住み、薬草などの昔からある自然物の知識に親しんで、困っている人たちの助けになっていた女性たちのことを言ったそうだ。『視える』人だともっぱらの噂の淑子さんが営《いとな》むこの黒猫屋には、当時の魔法が今もほのかに息づいている——らしい。本当かどうかは人それぞれ判断が分かれるだろうけれど、少なくともあたしにとってこの黒猫屋はとても居心地がいい空間だった。

今日は、これからこの黒猫屋で月に二、三回程開かれている定例行事——通称魔女のお茶会があるのだ。あたしは、この魔女のお茶会のちょっとした準備を毎回手伝うことにしている。と言っても、魔女のお茶会でやることといえば、集まったみんなで淑子さんを囲みながら季節に合った手仕事をしたりお喋《しゃべ》りするだけなんだけれど。

彫りの深い淑子さんの顔立ちは、少し日本人離れしていて、笑うと小鳥の足跡のような皺《しわ》が目尻いっぱいに集まる。目尻の皺さえもチャーミングに見えるのは、それこそ魔女の魔法なのかもしれない。美容部員として百貨店のコスメカウンターで働く身としては、見習いたい限りだ——なんてことを真剣に言ったら、淑子さんに笑い飛ばされてしまった。

「まだ二十五歳なのに、今から目尻の皺になんて憧れてたらいけないわ。奈津さんは今でもとても魅力的で素敵だもの」

「そんな……、あたしなんか全然まだまだです」

慌てて首を振って、あたしは魔女のお茶会の準備を続けた。

あたしが初めてこの黒猫屋に来たのは、二か月程前のことだった。あの頃は仕事のことや――大げさだけれど人生のことで悩んでいて、ずっと心に冷たい雨が降っているような毎日だった。あの時この黒猫屋を見つけることができて、本当によかったと思う。今ではあたしもすっかりこの黒猫屋の常連で、淑子さんが大好きになってしまった。

黒猫屋の店舗《てんぽ》スペースはそう広くなくて、ひとまわりですべての商品を見ることができてしまう。商品の陳列棚《ちんれつだな》には、ドライハーブの詰まった瓶《びん》や、微《かす》かにキラキラとした光を放つ鉱物類、それから、ちょっと怪しげなマークで装飾された香炉《こうろ》やナイフや杖《つえ》などが並んでいる。魔女のお茶会の準備ついでに商品棚を拭いていると、店舗から扉ひとつ隔《へだ》てた隣のキッチンに入っていた淑子さんが、ちらりと顔を出した。

「ごめんなさい、奈津さん。買い忘れちゃったものがあるの。ちょっと買ってくるから、留守番を頼めるかしら。お茶会の準備は、みんなが来てから続きをすればいいから」

「わかりました、淑子さん」

ドアベルを鳴らして淑子さんが黒猫屋を出ていってから、手持ち無沙汰《ぶさた》になるのもなんだと思って、あたしは魔女のお茶会で使うテーブルや椅子《いす》を運び出した。

魔女のお茶会で作業台にしてるテーブルは、もとは淑子さんの家でダイニングテーブルとして使われていたそうだ。結構大きめだけど、当時はいったい何人家族だったんだろう。それとも、このテーブルを買った頃からお客様が多い家だったのかもしれない。今の淑子さんは、気楽な一人暮らしだと言っていたけれど。

すると、ふいに、黒猫屋のドアベルが鳴った。淑子さんがもう帰ってきたのかなと思って目を向けてみて、あたしは首を傾《かし》げた。

「……あれ？」

黒猫屋のドアは開いているけれど、誰もいない。外から、にゃあんと可愛い猫の鳴き声が聞こえてきて、つい、猫のお客様かと思った。不思議な雰囲気《ふんいき》のあるこの黒猫屋にいると、そんな突拍子《とっぴょうし》のないことを期待したくなってしまうのだ。

いやいや、でも、さすがに猫のお客様はないか。そう思いつつも、ちょっとどきどきしながら目を落としてみて――あたしは目を丸くした。黒猫屋の入り口には、小さな女の子が立っていた。それも、たった一人で。

「どうも、こんにちわ」

しらっとした顔で、その子はわずかに頭を下げた。

ランドセルは背負ってないけど、小学生になったばかりくらいに見えた。スパッと見事に切り揃《そろ》えられたおかっぱ頭のせいかもしれない。きっちりまっすぐに揃った前髪の下に、どんぐりみたいな目が二つ並んでる。

「……あ、えーと……」

こんな小さな子供のお客さん？　もしかして入る家を間違えたんだろうか。そう思っていると、その子はあけすけな口調でこう言った。

「ふーん。ここが黒猫屋なのね。なんか変なお店」

前髪のすぐ下のくりくりとよく動く黒い瞳が、困惑しているこちらを値踏みするように睨《にら》む。実際には値踏みなんかできるような年じゃないんだろうけど、妙に目線が大人っぽくてそう思ってしまった。女の子は、商品棚をジロジロと眺めながら、黒猫屋の中を歩き始めた。どう考えても親同伴じゃなきゃおかしい年頃だけど、親はどうしたんだろう。

我が物顔でその子が黒猫屋を蹂躙《じゅうりん》し始めて、なぜだかあたしの方が壁際に追いやられることになった。なんとなく黒猫屋の隅で居心地悪くしていると、女の子は、あたしの挙動不審に気付いてるのかどうか、大げさなため息をついた。

「はーあ、思ってた通り置いてるものも変なのばっかり。変なお店で、変なもの売ってて、お客さんも、変ね」

その台詞《せりふ》は、なんだか妙にませて芝居っ気があるように感じた。まるで、テレビドラマで子役がよくやる棒読み演技みたいだ。それとも、このくらいの年頃の女の子って、みんなこうなんだろうか。自分が小学生だった時はどうだったか、イマイチ思い出せない。とりあえずその子の発言は流して、こう声をかけてみた。

「あの、ちょっとお姉ちゃんのお話聞いてくれるかな？　ねえ、あなた、一人で黒猫屋に来たの？　お母さんはどうしたの？」

これでも毎日コスメカウンターに立って接客だってしてるんだからと、引きつりかけた営業スマイルを浮かべて、あたしは腰を落としてその子と目線を合わせた。胡散臭《うさんくさ》そうな目で、その子があたしを見ている。まるで誘拐魔《ゆうかいま》にでも声をかけられたみたいな顔で、その子はこう言った。

「お姉ちゃん、誰？」

「あ……、あたしは、持藤《もちどう》奈津っていうの。ここでお手伝いみたいなことをしてるのよ」

「ふーん……」

怪しんでいるのか、その子はあたしを頭のてっぺんから足の爪先《つまさき》までジロジロと見て

──。ふいに、思いがけないことを口にした。

「あのね、あたしのママも、魔女なんだよ」

「えっ……？」

魔女――？

あたしは、思わず目を丸くした。ママが魔女とは、いったいどういうことなんだろう？

女の子は、眉間《みけん》を寄せて、毒づくようにこう言った。

「でもさ、あたしのママは大したことはできないんだよ。魔女なんて、本当はなんにもできない人ばっかりだもんね。ここの魔女だってどうせそうなんでしょ」

勝手に決めつけられて、あたしは反射的に首を振った。

「そっ、そんなことないよ」

ついムキになって、あたしはそう言った。大人げない対応だったかもしれない。でも、子供相手とはいえ、淑子さんのことをそんな風に言われたくなかった。あたしが否定したことで、ますます意固地《いこじ》になったらしく、その子は挑むような目になった。

「へー。それじゃ、ここの魔女はたいしたことができるの？」

「それは……。うん、大丈夫よ。信じて」

力強く言ったあとで、あたしは深呼吸した。いくら淑子さんを悪く言われたからって、こんな子供相手にむっとしてても仕方ない。淑子さんなら――絶対そんなことにはならない。魔女を探しに来たということは、生意気そうなこの女の子にも、きっとなにか困ったことが起きたんだろう。あたしは、その子の目を見てこう訊いた。

「お姉ちゃんに教えてくれるかな。あの、あなたは魔女になにをしてもらいたいの？」

「……病気を治してもらいたいんだよ」

「え？」

目を瞬いたあたしから、その子は視線を逸《そ》らした。そして、口を尖らせてぶっきら棒にこう言った。

「だから言ったじゃん。病院の先生にも治せないあたしのお祖母《ばあ》ちゃんの病気を、魔女に治してもらいたいんだよ。お祖母ちゃん、とっても重い病気なんだ。もしかしたら、もうお家に帰ってこられないかもしれないんだよ。だって……お祖母ちゃんの命の花が枯れちゃいそうなんだもん。花が枯れたら、あたしのお祖母ちゃんは死んじゃうよ。そんなの嫌なの。だから……」

泣くかと思った。でも、顔を上げたその子は、ひどく怒った顔をしていた。

「ここの魔女は治せる？　お祖母ちゃんの病気」

「あ……、それは……」

率直《そっちょく》に訊かれてしまうと、言葉に詰まる。あたしは、目を泳がせた。

「できるの？　できないの？　はっきり言いなさいよ。あたし、子供じゃないんだから」

「……」

なんと答えればいいかわからなくなった。淑子さんといると、確かに不思議な力を感じる時がある。少なくとも、あたしはそう思う。でも、医者でも治せないような重い病気を治せるかというと……。

黙り込んだあたしの顔色は、すぐにその子に読まれてしまった。

「……やっぱりね。そんなことだと思ったよ」

どこか寂しそうに、その子は肩をすくめた。

「馬っ鹿みたい。大人のくせに、なんにもできない魔女を信じてるなんて」

「そ、そんなこと……」

「うるさいっ、嘘つきっ」

シンプルに棘《とげ》のある言葉を吐いて、その子は走って黒猫屋を出ていってしまった。止める間もなかったけど、止めた方がよかったのかどうかもわからない。まるで、突然やってきた嵐があっという間に過ぎ去ったようだった。

呆気《あっけ》に取られて、あたしは立ち上がった。帰ってくるかもしれないと思ってドアの向こうを覗《のぞ》いてみたけれど、あの女の子の影も形もなかった。

でも、お祖母ちゃんが重い病気だというのがもし本当だとしても、なにができるわけでもない。ため息をついて、あたしは再び魔女のお茶会の準備を始めた。


「――へえ、凄《すご》いじゃない。まさかそんな小さい子たちにまでこの黒猫屋の噂《うわさ》が広まってるなんてねえ。その子、小学生くらいだったんでしょ？」

そう言って手を叩いて喜んだのは、魔女のお茶会にやってきた笹澤智子《ささざわともこ》さんという三十代後半の子持ちの主婦だ。パキッとしたアイメイクを決めた智子さんは、いつも黒い髪を後ろできゅっと結んでいる。魔女のお茶会メンバーでも最古参《さいこさん》の智子さんは、話好きで、黙ってることがほとんどない。いつも通り明るく笑うお喋《しゃべ》り好きな智子さんの言葉を、あたしは首を振って否定した。

「そんな簡単じゃなかったんですよ、智子さん。まだ小さい子だったけど、凄く口が達者で、こっちがやり込められちゃいそうでした。あたし、子供ってどうにも苦手で……」

始まったばかりの魔女のお茶会で、集まった六、七人の面々を見まわしながらあたしはそう言った。実はまだ、淑子さん以外の人がたくさん集まってくるとちょっとそわそわしてしまう。けれど、もうあとは慣れるのを待つしかない。

魔女のお茶会は、いつもこんな風に何気なく始まる。参加者はいつも女性ばかりで、黒猫屋で淑子さんを囲んでその季節にまつわる話なんかを聞いて、美味《おい》しいハーブティーを飲んでお喋りをするのだ。ハーブティーのブレンドが気に入れば、お土産《みやげ》に買っていくこともままある。

すると、大きなため息をついたあたしを見て、淑子さんが驚いたように目を丸くした。

「あらまあ。奈津さん、ずいぶん疲れてしまったのねえ」

淑子さんはそう言うと、さっき一緒に用意した、よく乾燥させたハーブがたっぷり入ったバスケットをテーブルに置いた。

今日のお茶会では、ハーブオイルやハーブビネガーを作る予定だ。ハーブオイルやハーブビネガーは、ドライハーブを植物油や酢に漬けておくだけでできる、料理に加えると風味が一段アップする魔法の調味料なんだそうだ。ハーブビネガーの方は、掃除《そうじ》やリンス代わりにも使えるらしい。

「黒猫屋には子供のお客さんは滅多《めった》に来ないんだけど……。こんなことなら、外出しないでちゃんと待っておけばよかったわねえ。ごめんなさいね。ぎりぎりになってから買い物忘れに気が付いちゃって……もうそういう歳《とし》なのねえ、わたしも」

「いえ、気にしないでください。まあ、あの子も黒猫屋になにかを買いに来たって感じでもなかったし……」

　それに、子供とはいえ、面と向かって淑子さんを罵倒《ばとう》するようなことがあったら、黙って見ていられるかわからない。居住まいを正してあたしが首を振ると、明るく笑って智子さんが平手を振った。

「こんなことなら、あたしがいればよかったわねえ。子供のギャーギャー喚《わめ》く声なんて慣れっこだもの。でも、黒猫屋に来たっていうその女の子、不思議な子よね。そんなに大人びてる子なのに、命の花が枯れそうって……、まるで『最後の一葉《いちよう》』じゃないの。ほら、童話であったでしょう？　重い病気にかかった画家が、『壁の蔦《つた》の葉が全部落ちたら死ぬ』って言い出す話」

「ああ、確かにそんな話がありましたねえ。小学校の教科書にも載ってました」

　一緒に集まっている魔女のお茶会メンバーの誰かが、智子さんに頷《うなず》いた。

「命の花なんて、ずいぶんメルヘンな響きですもんねえ。そういうアニメでもあるのか、比喩《ひゆ》みたいなもんなのか、それとも本当の花なのかなあ……？」

　あたしが腕組みをして唸《うな》ると、ハーブオイルやビネガーを入れる瓶《びん》を煮沸《しゃふつ》消毒して戻ってきていた淑子さんが、そっと呟《つぶや》いた。

「命の花ねえ……。いったいどんな花なのかしら。花やハーブなんかの植物って、不思議よね。綺麗《きれい》だし、とっても繊細《せんさい》でか弱そうに見えるから、ついつい手厚くなんでもしてあげたくなっちゃうけど、手をかけすぎると却《かえ》って負けちゃうような植物もあるのよ。ううん、植物だけじゃないわ。それはきっと、人間だって同じね」

それから、少し時間が経ったある日のことだった。その日は朝から大嵐で、猛烈な風と雨が黒猫屋にも吹きつけていた。

「残念だけど、今日のお茶会は中止ね……。みんな、この雨だから来られないって連絡をくれたわ」

ちょっと寂しそうに、淑子さんが窓の外を見た。雨が煙《けぶ》るというのは、こんな日のことをいうのだろうか。黒猫屋の窓が、雨色の斜めストライプ模様になっている。

「奈津さんは雨がまだ強くない時に来られてよかったわね。たまには奈津さんと二人だけでお茶するっていうのもいいわよね」

「はい。久しぶりで、あたしは嬉しいです」

素直に頷くと、淑子さんも嬉しそうに微笑《ほほえ》んだ。水槽《すいそう》の中に沈んでしまったみたいな黒猫屋の中で、あたしと淑子さんはお茶の準備を始めた。

「今日はどんなハーブティーにしましょうか。飲みたいものはある？」

「それじゃ、体を温めるものをお願いできますか？　まだ夏は先だっていうのに最近暑い日が続いてるから、職場で冷房が強くかかるようになって、凄く体が冷えるんです」

テレビは、連日真夏の先取りだと騒いでる。今日は久しぶりの雨だったけど、明日からはまたお天気マーク続きだ。あたしの勤めている化粧品《けしょうひん》ブランド『ソルシエール』の入っている百貨店の平均温度は、外の暑さと反比例してどんどん下がっていく。

「外から来たお客様が快適に商品を選べるようにしなきゃならないから仕方ないんですけどね。毎日湯船に入ったりとか、冷え対策はしてるんですけど、どうしても手足の先が冷たくなってしまって」

「それは大変だわ、冷えは美容の大敵だものね。それじゃ、今日は蜂蜜《はちみつ》をたっぷり入れたジンジャーミルクティーにしましょう。美味しいし、体が芯からよく温まるのよ。気に入ったら家でも試してみてね」

「はい」

あたしが頷いたその時だった。ふいに、黒猫屋のドアベルが勢いよく響いた。ザアッと、外から大粒の雨が吹き込んでくる。けれど、ドアのところには誰もいない。こんなことが、つい前にもあった。なんとなく予感があって、その時と同じようによく見てみると、ステンドグラス製のドアの向こう側に隠れるように小さなおかっぱ頭が覗《のぞ》いていた。

「あっ……」

はっとして、あたしはドアのところへ駆け寄った。やっぱりだ。いつかの生意気なおかっぱ頭の女の子が、決まり悪そうにこちらを見ていた。

「……こんにちわ」

首だけすくめて、その子はあたしたちに挨拶《あいさつ》した。この大雨の中、傘も持たずにこの黒猫屋まで来たんだろうか。髪も服も大雨にぐっしょり濡れて、足元に水たまりができている。まるで、本当に水の中を泳いでやってきたみたいだった。

「どうしたの？　こんなに濡れて。傘を忘れちゃったのかな」

「……別に」

「今日も一人なの？　ママは？」

「……」

あとは無言だった。女の子は、黙って黒猫屋の床を睨《にら》みつけている。爪の先の色が変わるくらいに強く、小さな拳《こぶし》を握りしめているのがあたしにもわかった。

「ねえ、あの――」

そこまで言いかけたところで、淑子さんが立ち上がって、その子のそばへとそっと歩み寄ってきてくれた。

「いらっしゃい、小さなお客様。あなたの噂《うわさ》は聞いてたの。会えてよかったわ……でも、今日はずぶ濡れなのね。お話を聞く前に、まずは体を拭かなきゃダメね」

淑子さんは、皺《しわ》の寄った手を差し出すと、その子の小さな手を握った。

「さあ、わたしと一緒に奥へ行きましょう」

「……」

ぶすくれた顔のまま、その子は頷きもしないで、淑子さんに手を引かれて歩いていった。雨にまみれて、目から涙が溢《あふ》れそうになってるのが、あたしの目にも見えた。あんなに心細そうなくせに、顔は淑子さんからそっぽを向いている。でも、手はしっかりと握って離さない。……こういう子供特有の行動って、どう対処したらいいか、やっぱり正解がわからない。

「奈津さんも手伝ってくれる？」

「は、はい」

棒立ちになっていたあたしは、急いで淑子さんにくっついて一緒に黒猫屋の奥に入った。

その子は、淑子さんの用意したバスタオルにくるまれてから、下着まで雨に濡れてしまってることがわかって、淑子さんの家でお風呂に入ることになった。

それから、何分くらい経っただろうか。まさかお風呂で溺《おぼ》れるような年齢じゃないと思うけど、大人のくせにお風呂で寝る常習犯のあたしは、なかなか出てこないあの子のことばかりが気になった。

淑子さんの家のリビングでソファーに腰かけてそわそわと何度も時計を見ていると、淑子さんがくすっと笑った。

「あの子が心配なのね、奈津さんは。子供が苦手だなんて言ってたのに、優しいのね」

「いえ、そういうわけでもないんですけど……。ただ、自分が子供だった頃を思い出してたら、なんだか懐かしくなっちゃって。あのくらいの年頃って、いろんなことに悩んで、一人で頑張ってるような気になるじゃないですか。うまく素直になれなかったり、どういう風に言ったら言いたいことが伝わるんだろうってたくさん考えて試行錯誤《しこうさくご》したり……」

そこまで言って、ふと気が付く。大人になった今も子供時代と変わらず試行錯誤だ。思わずあたしは自分自身に苦笑してしまった。すると、淑子さんがふいにこう言った。

「ねえ、奈津さん、あの子の様子を見てきてくれる？」

「えっ……!?」

「わたしはあの子のお洋服を乾かさなきゃいけないから。ね、お願い」

淑子さんに頼まれては、断るわけにはいかない。バスルームの場所を聞いて、あたしは、リビングを出た。

廊下《ろうか》に出ると、外の雨の音が一層強く感じられた。太陽の光は、重たい雲に遮《さえぎ》られてほとんど感じられない。外は、まるで夕暮れのように薄暗かった。これだけどしゃっと降っていれば、道路はもう水浸しかもしれない。こんな中を、あの子はここまで一人で歩いてきたのか。

暗い廊下を通り抜けると、バスルームからオレンジ色の光が漏《も》れていた。ちゃぷちゃぷとお湯を揺する音も聞こえてくる。どうやら、案じていたような大事件は起きていないようだ。いつの間にか、爽《さわ》やかでほのかに甘い深みのある香りが漂ってきていることにふと気が付いた。いったい、なんの匂《にお》いだろう。

「――あのう……、お湯加減はどうですか?」

脱衣所に膝をついて、温泉旅館の仲居さんみたいな台詞《せりふ》でおそるおそるお風呂の外から声をかけてみた。けれど、予想通り返事はない。肩をすくめて、あたしは淑子さんに教えてもらった棚《たな》からバスタオルを取り出した。引き出しを開いた瞬間、淑子さんが好んで身のまわりのものによく使っている、ラベンダーの柔らかな香りがふんわりと漂ってきた。

「バスタオル、ふわふわでいい匂いだよ。お風呂も不思議ないい香りがするね。淑子さんが入浴剤でも入れてくれたのかな」

すんすんと鼻を鳴らして、あたしは首を傾《かし》げた。あとで、なんの香りなのか淑子さんに聞いてみよう。そう思っていると、

「……お風呂にね、魔女がバスソルトを入れてくれたんだよ。ママもいい匂いのバスソルトをよく手作りしてくれるんだ。喧嘩《けんか》して泣いた時に、仲直りに一緒にお風呂に入ろうって」

たくさん泣いたあとの掠《かす》れた鼻声が返ってきた。そういえば、この子は自分の母親も魔女だと言っていたんだった。あれは、いったいどういう意味だったんだろうか。もしかしたら、そのことが今こんなにこの子が泣いている理由に繋《つな》がっているのかもしれない。

「ねえ……あなた、名前はなんていうの？」

「……鈴子《すずこ》」

「鈴子ちゃん？」

「うん」

小さくちゃぷんと音が鳴って、鈴子ちゃんが湯船の中で頷いたのがわかった。淑子さんはどんな魔法をこのお風呂にかけたんだろう。鈴子ちゃんの声は、初めて会った時に聞い

たよりもずっと小さいけれど、彼女の年相応な気がした。

そう思っていると、ふいに、湯船の中から、鈴子ちゃんの声が聞こえてきた。

「ねえ……。……お姉ちゃんはさ、魔法って、本当にあると思う?」

あいかわらず、シンプルで真っ直ぐな言葉選びだ。子供はみんなそうなのか、それとも、鈴子ちゃんだからだろうか。思わずちょっと怯《ひる》んだけれど、鈴子ちゃんの声は、今度は挑むようなものじゃなかった。鈴子ちゃんが本当に訊きたいことを口にしているように聞こえて、あたしは思い切って鈴子ちゃんと少し話してみることにした。

「鈴子ちゃんは、どう思うの?」

「あたしは……。小さい時は信じてたんだけど、今はないかもしれないと思ってるの……。だって、あたしのママは魔女だけど怒りん坊だし、パパだって……。……やっぱり、魔法なんてないのかな」

お風呂場の中に、鈴子ちゃんの声が頼りなく響く。その心細そうな響きを聞いてるうちに、あたしは、なぜだか少しだけ鈴子ちゃんの気持ちがわかったような気がした。

「そっか……。魔法とか、そういう不思議なことが、本当はないのかもしれないと考えちゃうのって、凄《すご》く寂しいよね」

「うん……」

現実を知るってそういうことなのかもしれないけど、他の大人たちのように魔法がないと自分まで認めてしまうと、魔法だって拗《す》ねて出てきてくれなくなってしまうんじゃないか——なんて、答えのない思考をぐるぐるかき混ぜて結局自分が責任を背負ってしまうことって、子供のうちはよくあった。鈴子ちゃんとは悩みの種類が違うけれど、子供心の奥にあるものはきっと一緒だ。あたしは、あの頃の自分に話しかけるようなつもりで、お風呂場の中に声をかけた。

「ねえ、鈴子ちゃん……」

淑子さんの魔法が効いているうちに——。そう考えたその時、『手をかけすぎると却《かえ》って負けてしまう』という淑子さんの言葉が思い浮かんだ。少し気をつけながら、あたしは、鈴子ちゃんにこう言った。

「あたしにはね、淑子さんがあなたのお祖母《ばあ》ちゃんを助けられるかどうかは、正直なところわからないの。けど……」

鈴子ちゃんが本当に困っていて、魔女に助けを求めていることだけはわかった。子供だった頃に自分が求めていたのは、助けてもらうことだけど、それ以上に——。

「勇気を出して、淑子さんに話してみたらどうかな？　話すだけでも、楽になることってあるから」

「……うん」

小さな声が、そっと湯船の中から返った。


「――ママはね、お祖母ちゃんのことが嫌いなの。だから、ママには相談できないの。お願い、魔女のお婆《ばあ》ちゃん。ママには絶対に言わないで」

バスタオルにくるまってソファーに座った鈴子ちゃんは、開口一番そう言った。

リビングのテーブルには、湯気を立てたジンジャーミルクティーが載っている。

目に涙を溜めて、鈴子ちゃんは睨《にら》むように淑子さんを見ていた。淑子さんは、鈴子ちゃんの手に自分の手を重ねて頷いた。

「ママが本当にお祖母ちゃんを嫌いなら、確かに困ったわねえ。そういうことならわかったわ。約束しましょう」

「絶対だよ」

念を押すつもりなのか、それともまだ淑子さんを疑ってるのか。それは、怒鳴ってるみたいな声だった。けれど、淑子さんがまっすぐに鈴子ちゃんの目を見返すと、すぐに鈴子ちゃんは目を逸《そ》らしてしまった。

「もうそんなに熱くないから、これを飲んでみて。蜂蜜《はちみつ》入りのジンジャーミルクティーよ。甘くてとっても美味《おい》しいから、とても元気が出るはずよ」

淑子さんがジンジャーミルクティーの入ったマグカップを渡すと、鈴子ちゃんは素直に受け取った。小さな両手でマグカップをがっちり持った鈴子ちゃんの鼻息が、ジンジャーミルクティーの上にさざ波を立てる。鈴子ちゃんは、まだぷりぷり怒ってる声で話し始めた。

「魔女のお婆ちゃんに助けて欲しいのは、あたしのお祖母ちゃんのことなんだよ。お祖母ちゃんはね、もうずっと悪い病気で病院にいるんだ。病院はあんまり好きじゃないんだけど、元気になるまではしょうがないんだって。お祖母ちゃんは病院でいっぱい我慢してるんだ。だからね、あたしのパパがお祖母ちゃんを応援するためにいっぱい咲いた大きなお花のプレゼントを持ってったの。パパはとっても優しいんだ。でもね、ママはお祖母ちゃんを好きじゃないから、意地悪をしてパパのあげたお花を持って帰っちゃったの。看護師さんのお姉さんと、すっごく楽しそうに話しちゃってさ。お姉さんもママと一緒で、お祖母ちゃんのことが嫌いなのかもしれないわ」

そこで言葉を止めて、鈴子ちゃんは淑子さんの顔色を窺《うかが》った。

「これって、ママの悪口かしらね？　悪口はいけませんって、先生が言ってたんだけど……」

鈴子ちゃんの目と鼻と口が、ぎゅっと顔の真ん中に集まる。まるで今学校の先生がここにいて怒られてるみたいな、ばつの悪そうな顔だった。淑子さんは、少し考えてからこう答えた。

「あなたは、お祖母ちゃんを助けてあげたいんでしょう？　誰かを助けるために頭を働かせて考えることは、悪口とは違うと思うわ」

まるで大人に対するみたいに、淑子さんはそう答えた。鈴子ちゃんは、ほっとしたような顔になった。

「お祖母ちゃんは、お花が大好きなのよ。病院に行く前は、毎日お庭のお花を大事に育ててたの。お祖母ちゃんがいつも言ってたわ。お庭のお花が、お祖母ちゃんの命なんだって。お祖母ちゃん家《ち》のお庭には、たっくさんお花が咲いてるんだよ。ピンクに白に赤に、それから黄色もあったわ。花びらがとんがってるのもあるし、たくさん重なってるのもあるし、とにかく凄いいっぱいなの」

説明しながら、鈴子ちゃんは、両腕をいっぱいに広げたり、開いた手を重ねて花を咲かせたりした。あたしの頭の中には、たくさんの種類の花が咲くとても大きな花園が思い浮かんだ。

淑子さんに話しているつもりで、鈴子ちゃんは完全に自分の世界に入っていた。なんだか、会話してるというより、まるで観劇でもしてるみたいだった。あたしたち大人は、鈴子ちゃんの演じる劇をステージの外から見守る観客のようだ。

「……でも、お祖母ちゃんの命の花はひとつだけなんだって。あたしにはどれかわからなくて、だから全部のお花を守ることにしたの。毎日お祖母ちゃんの家のお庭を見に行って、頑張ってお世話をしてるんだけど、お花がみんなどんどん元気がなくなってきているのよ……。パパにも相談して、いろいろ道具を買ってもらったんだけど、全然ダメなの。パパでも、もうお手上げなんですって」

『なんですって』のところで、鈴子ちゃんは平手をペンッと振った。

「あたしのパパは、いつもは凄く頼りになるのよ。だけど……」

言葉を詰まらせた鈴子ちゃんが、助けを求めるようにあたしを見る。鈴子ちゃんを元気付けようと、あたしはこう言ってみた。

「鈴子ちゃんのパパって、優しいんだね」

すると、ほっとしたように、鈴子ちゃんは固くなっていた目元を和《やわ》らげた。

「うん、そうなの。パパがママに怒られた時に、どうして言い返さないのって聞いたら、パパは言ってたのよ。本当に強い人は、優しいんだって。だから怒らないんだって。パパは、ママと違ってお祖母ちゃんにも優しいんだよ。パパは魔女と結婚したんだもん、特別なんだ。パパはね、昔は正義の味方で、今と違う名前だったの」

「えっ？」

驚いて、あたしは鈴子ちゃんを見た。それはつまり、正義の味方の中の人？　特撮物の主人公かなにかの着ぐるみでも着ていたということだろうか。それとも、まさか鈴子ちゃんのパパには改名の過去が？　なにやら複雑な事情がありそうだ。もしかしたら触れない方がいいのかもしれないと思って、あたしは納得した振りをして頷《うなず》いた。

「そ、そっか、そうなのね」

「でも、パパは男の人でしょう？　だから、お庭のことにはあんまり詳しくないのよ。本当はママに相談したいんだけど、ママには言えないし……」

まだ小さいのに、よくこんなに言葉が出てくるなあと感心するくらいに鈴子ちゃんは喋《しゃべ》った。話し方も、まるで大人の女性が子供の皮を被《かぶ》ってるようだった。たくさん話すうちに、声にあった棘《とげ》はいつの間にか抜け落ちてどこかに消えていた。

最初に黒猫屋に来た時とは印象の違う話し方に、あたしは首を傾《かし》げた。なにかが引っかかるんだけど、それがなにかわからない。

すると、淑子さんはあたしの疑問に気が付いているみたいにこっちを見た。その顔は、ちょっと面白がるみたいに笑ってる。もしかして、淑子さんはあたしが引っかかっているなにかの正体を知っているのだろうか。

「お庭のお花はみんな、もう花びらがほとんどなくなっちゃった。たくさんお水をあげても、新しい葉っぱが出てこないの。お祖母ちゃんは、もう年取ったから仕方ないって言ってたわ。お祖母ちゃんと一緒でもう寿命《じゅみょう》なんだって。それで、今日起きたら、この雨でしょ。あたし、心配で、お祖母ちゃんのお庭に行ってみたの。そしたら、また葉っぱが落ちてて……」

鈴子ちゃんの歯を食いしばった口が、横にぎゅうっと広がる。あ、泣くんだなと思ったら、鈴子ちゃんは本当に泣いた。火が付いたように、わぁっと泣き出した。

「お祖母ちゃんはね、あたしがいるからいいって言うのよ。あたしが可愛《かわい》いから、大丈夫なんだって。お祖母ちゃんはいつも優しいのに、こんな馬鹿なこと言われたのは初めてよ。あたし、お祖母ちゃんが大好きなのに……元気になって欲しいのに……。なのにね、お祖母ちゃんもパパもママも看護師さんもお医者さんも、誰もあたしの言うことを聞いてくれないんだ」

まるで先生に言いつけるみたいに、まわりの大人たちのことを鈴子ちゃんは泣きながら怒った。けれど、そのあとで、ぽつりとこう付け足した。

「……それとも、あたしが良い子じゃないからみんな意地悪ばっかり言うのかもしれないわ」

「鈴子ちゃんは、良い子じゃないの？」

「だって、ママに嘘ついてるから……。内緒でお祖母ちゃんの家に毎日行ってるんだもん。ママに知られないように、朝学校に行く前とお昼休みに走ってお祖母ちゃんの家に行くの。あたしは足が速いから、誰にもわからないように戻ってこられるのよ。でもママに言ったら怒られるから言いたくないんだ。ママはお祖母ちゃん嫌いだし、お祖母ちゃんの味方してると思われたら、ママに嫌われちゃうかもしれないでしょ」

『ママが悪い』と鈴子ちゃんは言ったけど、涙がどんどん溢《あふ》れて、本当は自分が悪いと思っているんだとわかった。鈴子ちゃんは本当にたくさん泣いた。お祖母ちゃんの命を一身に背負っているその小さな背中を、淑子さんの腕が抱いていた。

「たくさん話して疲れたでしょう、鈴子ちゃん。少しお口を潤《うるお》すといいわ」

「うん……」

たぶん本人も気付いていないんだろうけど、心に抱えてるものをみんな吐き出した鈴子ちゃんは、最初よりもずっと素直になっていた。

淑子さんに言われるまま、鈴子ちゃんは、そーっとジンジャーミルクティーがたっぷり入ったマグカップに口をつけた。思ったよりも甘くて美味しかったのか、鈴子ちゃんの目がぱちぱちする。鈴子ちゃんは、淑子さんが丁寧《ていねい》に淹《い》れてくれたジンジャーミルクティーをぐいぐい飲んだ。

ホットミルクティーを一気飲みするなんていう大人にはまったくない発想に、あたしはただ目を丸くした。鈴子ちゃんの唇の上には、ジンジャーミルクティーでできたクリーム色の髭《ひげ》が生えていた。あたしが思わず淑子さんに頼んでティッシュペーパーを差し出すと、鈴子ちゃんは口の上の髭に気が付いたのか、露骨に嫌な顔になった。そのままあたしの手から、鈴子ちゃんはティッシュペーパーを引ったくるように奪い取った。

「……あっ、待って、鈴子ちゃん。そんなにゴシゴシ擦らないで。赤くなっちゃうよ」

つい美容部員の習性で声をかけてしまう。顔の皮膚《ひふ》は他のところより薄いから、ちょっとの刺激でもトラブルを起こす。子供の場合は特にそうだ。鈴子ちゃんはあたしを睨《にら》みつけてきたけれど、顔を拭く手を止めてくれた。あたしは、新しいティッシュペーパーで鈴子ちゃんの顔をそっと拭き直してあげた。

「このティッシュ……、いい匂《にお》いがするね」

「そうよ、よくわかったわね。ラベンダーの香りをつけてるの。お鼻をかむ時にも香りを楽しめたら嬉しいでしょう?」

淑子さんが、微笑《ほほえ》んで頷く。鈴子ちゃんは、ティッシュペーパーに何度も小さな鼻をくっつけてくんくん匂いを嗅《か》いでいた。少し落ち着いてきた鈴子ちゃんに、淑子さんはふとこう言った。

「……それじゃ、ちょっと考えてみましょうか。鈴子ちゃん」

「え？」

「あなたのママが、本当にお祖母ちゃんを嫌いなのかどうか」

怯《おび》えたように鈴子ちゃんが体をすくめた。鈴子ちゃんを安心させるように肩を抱いて、淑子さんは続けた。

「ママは、パパが買ってきたいっぱい咲いた大きなお花を持って帰っちゃったのよね。病院で働いている看護師のお姉さんと笑って話してたのは、そのすぐあと？」

「うん」

「なら、たぶん答えがわかったわ」

「えっ？　もうわかったの？　魔法、まだ使ってないでしょ」

鈴子ちゃんがそう言うと、にっこりと笑って淑子さんはこう続けた。

「魔法を使わなくてもそんなに難しいことじゃないわ。もし本当にお祖母ちゃんに意地悪をするためにママがパパの買ってきたお見舞いのお花を持って帰ったなら、看護師さんだって気にするはずよ。少なくとも、そんな風に楽しそうに笑って話したりはしないわ。パパが病院に持って行ったのは、きっと植木鉢《うえきばち》のお花だったんじゃないかしら」

鈴子ちゃんは、目を丸くして淑子さんを見た。

「どうして知ってるの？　パパはね、お祖母ちゃんがお花を育てるのが好きだからって、綺麗《きれい》なお花がいっぱい咲いているおっきな植木鉢を持っていったの。お祖母ちゃんもとっても喜んだのよ」

「そうだったのね。それじゃ、お祖母ちゃんは植木鉢をもらって本当に嬉しかったんでしょうね。もしかしたら、パパはお祖母ちゃんに頼まれて、敢《あ》えて植木鉢のお花を持っていったのかもしれないわ」

皺《しわ》の寄った手を頰《ほお》に当てて、淑子さんはそう言った。

「あのね、鈴子ちゃん。花束のお花は茎《くき》のところで切っているから、根っこはないでしょう？　でも、植木鉢のお花は、土の中にしっかりと根を張って栄養を吸っているの。だからいつまでもわたしたちを楽しませてくれるんだけど——代わりに、植木鉢にはその場に根付くっていう意味があるのよ。昔の人は、そういう言葉には凄《すご》く気を付けたの。だって、入院してる人が、そのまま病院に寝付いちゃ困るでしょう？　いつまでも病気のまま、お家に帰ることができなくなっちゃうわ。縁起《えんぎ》が悪いから、病院へのお見舞いには植木鉢を避けた方がいいと言われているのよ」

「そうなの？」

「ええ。だから、ママはきっと、パパが間違えちゃったと思ったのよ。ママはお祖母ちゃんを心配して、早く退院して欲しいから植木鉢を持って帰ったんだわ。決してお祖母ちゃんに悪気があったわけじゃないのよ」

「じゃあ……、ママはお祖母ちゃんに意地悪したわけじゃなかったのかな」

「わたしはそう思うわ」

「なら……。ママは、お祖母ちゃんの命の花を助けてくれると思う？　あたしと一緒にお世話をしてくれる？」

まるで、自分の母親に頼むように真剣な目で、鈴子ちゃんは淑子さんを見上げた。淑子さんは、微笑んで頷いた。

「あなたが、心を込めてお願いすればね」

「……」

鈴子ちゃんは、なにかを考えるように黙り込んでしまった。

それから、あたしは淑子さんにドライヤーを借りて、考え込んでいる鈴子ちゃんの柔らかな濡れた猫っ毛を乾かしてあげることにした。

しばらく手を動かしているうちに、気が付いた時には、鈴子ちゃんはすーすーと寝息を立てていた。

「……寝ちゃいましたね」

「ええ、そうみたいね」

「鈴子ちゃんが最初よりずいぶん素直になってくれて助かりました。淑子さん、いったいどんな魔法を使ったんですか？」

あたしが訊くと、淑子さんはこう教えてくれた。

「実はね、お風呂にサンダルウッドの香りを足してみたの。サンダルウッドには、心の中に隠れているものを見つける手助けをしてくれたり、ネガティブな気持ちを一掃《いっそう》してくれる力があるのよ。ほら、今日は月曜日でしょう。魔女も曜日の持つ力を使うのよ。月曜日はね、いろんな物事を始めるための神秘的な力が満ちる、美しい女神が守護する日なの。サンダルウッドは、月曜日の持つ力を強めて、きっと鈴子ちゃんを迷わせてるたくさんの悪い思い込みを取り払って、隠れている物事を明らかにする助けになってくれるはずよ」

「そういうことなら……、よく効いたみたいですね。鈴子ちゃんには」

すると、にっこりと微笑んで、淑子さんがあたしにこう言った。

「でも、鈴子ちゃんにはそれ以上に奈津さんの優しさが効いたみたいだけどね」

「え？」

「鈴子ちゃんがあんなに素直になれたのは、きっと奈津さんがいたからだと思うわ。そうでしょう、奈津さん。わたし、二人がお風呂場から手を繋《つな》いで戻ってきた時は、まるで本物の姉妹みたいだなって思ったのよ」

淑子さんにふいを衝《つ》かれて、なんだか恥ずかしくなってあたしは首を振った。

「いえ……、あたし、こういうのって得意じゃないんですけど、サンダルウッドの香りを嗅いでいたから勇気が出たのかもしれません。淑子さんの魔法、あたしにも効いちゃったみたいです」

「まあ。奈津さんは本当に謙虚ね。わたし、あなたにはとっても感謝しているのよ。いつも本当にありがとう」

「そんな、あたしの方こそ、いつも淑子さんに感謝しています」

少しでも魔女の役に立ててるんだろうかと思うと、あたしはとても嬉しかった。それから、淑子さんは鈴子ちゃんの寝顔を見た。

「鈴子ちゃんのことは、もう少しここで眠らせてあげましょう。きっととても疲れてしまったのね。たくさんお喋《しゃべ》りしたから」

「鈴子ちゃん、あたしより喋るのが上手《うま》いかもしれないです。こんなに大人っぽい子、初めて会いました」

率直《そっちょく》な感想を言うと、淑子さんは笑った。

「わたしは、この子がなんだか誰かさんに似てると思ったわ」

「……？」

淑子さんの言葉の意味がわからなくて、あたしは首を傾《かし》げた。淑子さんが持ってきてくれたブランケットに包まれて、鈴子ちゃんはきゅっと体を縮めた。まだまだ心配事は絶えないのか、眉間《みけん》がぎゅっと寄っている。鈴子ちゃんに似ているというのは、いったい誰のことなんだろう。鈴子ちゃんの寝顔を見つめて、あたしは頭をひねって考え始めた。


淑子さんとあたしは、一緒にもう一度ジンジャーミルクティーを淹れ直すことにした。鍋《なべ》に沸かしたお湯に紅茶のリーフを浸して、丁寧《ていねい》に洗って皮を剝《む》いた生姜《しょうが》の薄切りと牛乳を足し、何分か弱火で煮出すと、あっという間に、見ているだけでぽかぽかと体も心も温まってくるようなホットジンジャーミルクティーが出来上がった。まるで、小さな魔法だ。よく注意して暮らしていれば、こんな風に生活の片隅にもちゃんと魔法は隠れているのだ。蜂蜜《はちみつ》をたっぷり入れた甘いジンジャーミルクティーを淑子さんと二人で飲んでいると、黒猫屋の方からドアベルの鳴る音が聞こえた。

「お客さんですかね。まだ雨がかなり降ってますけど……」

「そうみたいね。とにかくお出迎えしましょう」

鈴子ちゃんをリビングに残して、あたしたちは黒猫屋の店舗《てんぽ》へと出た。すると、そこには——レインコートを着てずぶ濡れになった、智子さんが息を切らしていた。

「淑子さん！　ああ、よかった、奈津ちゃんも黒猫屋に来ていたのね。淑子さん、今日は急にお茶会に来られなくなってしまってごめんなさい」

「それはいいけど、そんなに慌ててどうしたの？　智子さん」

「実は、あたしの娘がいなくなっちゃったんです！　お友達の家に電話しても、どこにもいなくて……。でも、あの子ももう小学生だし、まだ夕方前だから警察に電話するのも早い気がして。あたし、もしお茶会に誰か来ていたら、探すのを手伝ってもらおうと思ってここに来たんです。図々《ずうずう》しいお願いでごめんなさい。でも、凄く心配で……」

「ああ、そのことなら大丈夫よ、智子さん。安心して。智子さんの家のお嬢さん——鈴子ちゃんなら、黒猫屋《うち》に来ているから」

「え……？」

あたしと智子さんは、同時に淑子さんを見た。

「……それじゃ、前に一人で黒猫屋に来た女の子っていうのは、うちの鈴子のことだったのね」

淑子さんの家のリビングに入って無事な鈴子ちゃんの姿を見て、ようやく落ち着いたあとで、智子さんはそう呟《つぶや》いた。

「ごめんなさい、淑子さん、奈津さん。まさか、鈴子が黒猫屋にお世話になってたなんて……。今日はこの子の小学校の開校記念日なんです。お友達と遊ぶって張り切ってたんですけど、この雨だから中止になってしまって。あたしも魔女のお茶会に行けなくなったから、淑子さんに電話をして、ちょっと目を離している隙《すき》にいなくなっちゃったんです。もう、鈴子ったら」

それでもほっとした顔で、智子さんは鈴子ちゃんの桃みたいにぷっくりとした頬を突っついた。ぐっすり眠り込んでいる鈴子ちゃんは、ちっとも動く様子がない。

あたしは、智子さんに訊いてみることにした。

「あの、智子さんに確認したいんですけど……。魔女だっていう鈴子ちゃんのママは、智子さんのことだったんですよね」

すると、ちょっと照れた顔で、智子さんは頭を掻《か》いた。

「そうみたいね。鈴子にはこの黒猫屋で魔女のお茶会に参加してるって話したことがあったから、きっとそのことを覚えていたんだわ。でも、まさか一人で黒猫屋に行くなんて思わなかったけど……この子が言っている入院中のお祖母《ばあ》ちゃんっていうのは、あたしの母のことよ」

智子さんは、申し訳なさそうに続けた。

「この子ったら、頑固で意地っ張りで、わからないことがあっても素直に訊かないで自分で考えて答えを出そうとしたりするんです。でも、まさか鈴子がそんなに悩んでいたなんてね……。相談もしてもらえないなんて、あたしって、信頼ないんだなあ。ちょっと母親として自信失くしちゃったわ」

元気に笑いながら、智子さんは冗談めかしてそう言った。けれど、その笑顔の中にはどこか悲しさや寂しさがあった。智子さんの細めた目が、ずっと心配そうに鈴子ちゃんを見つめている。淑子さんは、智子さんの肩にそっと手を載せた。

「遠いところにいる人の方が却《かえ》って抱えてるものを打ち明けやすいことってあるものよ。助言もそう。近い場所にいる人に言われると、素直に聞けなかったりするでしょう。だから、そう気にすることではないわよ。智子さん」

智子さんは、また顔を上げて淑子さんを見た。

「すみません。ダメですね、あたし、いつも淑子さんにはお世話になりっ放しで……。入院中の母さんとあたしは性格がそっくりで、昔から喧嘩《けんか》ばっかりだったんです。その流れで、ついつい実母相手だからって、この子の前でも母さんに厳しいことを言ったりしてたから、鈴子はあたしが母さんを嫌いだと思っちゃったんですねえ。まったく、心配性なんだから……」

智子さんのその言葉に、あたしはなんとなく病室の様子が想像できる気がした。ズバズバとお互いに遠慮《えんりょ》なくやり合う智子さん親子と、それを横目で見ながら、主役を取られまいと負けずにたくさんお喋りする鈴子ちゃん――。きっと、いつも話し声の絶えない賑《にぎ》やかな病室なんだろう。

鈴子ちゃんの寝顔を智子さんと一緒になって見つめながら、あたしはこう言った。

「鈴子ちゃん、お祖母ちゃんの命の花が心配で、居ても立ってもいられなかったみたいです。あの、智子さん。鈴子ちゃんが言っていた、お祖母ちゃんの命の花のことなんですけど。それは、たぶん……」

あたしが淑子さんを見ると、淑子さんは微笑《ほほえ》んで頷《うなず》いた。

「鈴子ちゃんは、ちょっと言葉を取り違えてしまったのね。――お祖母さんは、庭の世話が生き甲斐《がい》なんでしょう。一生懸命手をかけているお祖母さんにとっての命みたいな庭の花という話を、鈴子ちゃんはお祖母さんの命が本当に庭で花になって咲いていると思ったんだわ。子供らしい勘違いね。でも、素敵だわ」

確かにそう思う。命の花だなんて、なんだか詩的だ。けど——。

「あたしにはまだ、命の花っていうのが具体的にどういう花のことなのかわからないんです。淑子さんはわかったんですか？」

すると、淑子さんは頷いた。

「そうねえ……なんとなくは。お祖母さんの庭にはたくさんの花があって、でもお祖母さんは命の花はひとつだって言っているなんて、まるでなぞなぞみたいで面白かったわ。けど、鈴子ちゃんが花の特徴をたくさん教えてくれたから、ぱっと閃《ひらめ》いたのよ」

淑子さんの言葉に、智子さんが感嘆した。

「やっぱり淑子さんは凄《すご》いなあ。鈴子の話だけでわかっちゃうなんて。この子、普段から空想が大好きで、いまだに想像の世界と現実の世界をごちゃ混ぜにした話をするんですよ。親としては、そういうこの子の性格を知ってるからその辺を割り引いて話を聞けるし、結構面白いもんなんですけどねえ。でも、鈴子の説明じゃ、ちっとも話が摑《つか》めなかったんじゃないですか？」

「そんなことないわよ。鈴子ちゃん、とてもしっかり話をしていたわ。ねえ、奈津さん」

「はい。鈴子ちゃん、ママのこともパパのことも、それからお祖母ちゃんのことも、凄く大事に思ってるんですね。ママは魔女で、それからパパは正義の味方なんだって言ってましたよ」

あたしがそう言うと、智子さんは恥ずかしそうに平手を振った。

「嫌ぁねえ、まだそんなこと言ってたの？　……実はね、うちの旦那《だんな》、一時期失業してたのよ。その頃、ついつい母さんと『うちのプー太郎は』なんて愚痴《ぐち》ってたら、寝てると思ってた鈴子がちゃっかり起きてて、『プー太郎ってなに？』なんて聞かれたりしてね。なんとかごまかしたんだけど、鈴子ったら、桃太郎《ももたろう》とか金太郎《きんたろう》の仲間だと思ったみたいで……」

なるほど。それで、『正義の味方』か。複雑な事情じゃなくてよかった——いや、複雑な事情なのかも？　そう思ってあたしが智子さんの顔を見ると、智子さんはさも面白い話でもするみたいにあたしの心配を笑い飛ばした。

「旦那の失業真《ま》っ只中《ただなか》はさすがに大変だったけど、今はしっかり定職に就《つ》いて頑張ってるから大丈夫よ。その頃は旦那も就職活動で出ずっぱりで、あたしが働きに出てる間に母さんが鈴子を見てくれて、その延長で母さんが旦那に小言《こごと》も言ったりしてね。うちの旦那、すっかり母さんに頭が上がらなくなっちゃったのよ」

「そうだったんですか？」

驚いてあたしが目を丸くすると、智子さんは明るく頷いた。

「ええ、今も苦手に思ってるみたい。たまにお見舞いに付き合ってくれても、ニコニコしてるだけでほとんど喋らないのよ。たまにパシリみたいに、母さんのわがままに付き合って巨大な植木鉢《うえきばち》を病室に持ち込んでナースのお姉さんに怒られたりしてね。縁起《えんぎ》でもないから、母さんに怒ってあたしが持ち帰ったけど。……でも、そういうのって単なるご機嫌取りだとばかり思ってたから、旦那がまさかこんな風に内緒で鈴子と一緒に母さんの庭を世話してくれてるなんて思ってもみなかったわ。旦那は旦那なりに、母さんのことを心配してたのね」

どこか嬉しそうに頬《ほお》を綻《ほころ》ばせて、智子さんはそう言った。それから、淑子さんとお祖母さんの庭についてあれこれ相談したあとで、智子さんは、温かい目をしたまま、口調だけは鋭く鈴子ちゃんにこう言った。

「さて、そろそろうちのを起こそうかしらね。……鈴子、いつまで寝てるの。いい加減に起きなさい」

＊＊＊

「いい加減に起きなさい。ほら、もう、鈴子ったら！」

「うるさいなあ、まだ眠いよ。あとちょっとだけ、いいじゃん」

ピシャンとしたママの声が耳に響いて、あたしはブランケットを引っ被《かぶ》った。その途端に、両足がぴょこんとブランケットから飛び出す。あっと思う間もなく、あたしの足はママの手に捕まえられてしまった。

「……ほら、こちょこちょー。早く起きないと、もっとくすぐるわよ」

「寝るの、寝てるんだから……ふ、ふふ……」

なんとか寝た振りを続けて、あわよくば抱っこしてもらってベッドまで運んでもらおうと思ったんだけど、口が勝手にムズムズしてくる。もうダメだ、我慢できない。思わず、笑いながらあたしは跳ね起きた。

「やめてよぉ、ママったらぁ！」

自分の声が思ったよりも大きくて、あたしは自分でびっくりして目を丸くした。目を開けてみると、ここは家じゃなかった。そうだ、魔女の家だ。あたしは、ママの目を盗んで一人で魔女の家まで来たんだ。目の前には、ママがいた。よかった、ようやくあたしだけの魔女が助けに来てくれたんだ。そう思った。

「ママ？　……ママ！」

くすぐられて笑ってたはずなのに、あっという間に涙が出てきて、あたしはママに力いっぱい抱きついた。すると、ママはあたしを抱きしめてくれたあとで、あたしの頰を両手で挟み込んだ。

「こら！　急にいなくなったら、心配するじゃない。それに、淑子さんや奈津ちゃんにも迷惑かけて。ちゃんとお礼を言ったの!?」

助けに来てくれたはずのママが、急に一番怒ってる時の顔になった。頭ごなしに怒られると、むっとする。なんとか謝らないで済ませようと、あたしは目いっぱいに頭を働かせた。

「えー？　だってさァ……」

言い訳を急いで考えていると、ママが睨《にら》みつけてきた。さすがに怖くなってきて、しぶしぶちょっとだけ頭を下げることにした。

「……ありがとうございます」

「もっとちゃんと！」

「ありがとうございますぅ！」

ママに怒鳴られたのに腹が立って、わざと大声を出してやった。すると、ママにこの前切ってもらったばかりのおかっぱ頭を、ママがぐしゃぐしゃと撫《な》でてきた。ちょっと、痛いよ、ママ。うちのママは、とにかく乱暴なんだ。

「すみません、淑子さん、奈津ちゃん。でも、無事でよかったわ……。本当に心配したのよ、鈴子。ママになにか言えないことがあったのね。ごめんなさいね、気が付いてあげられなくて」

あれ？　と思って目を上げてみると、珍しくママがしおらしい顔をしていた。だから、今度はあたしがママの頭を撫でてあげることにした。

「うん、いいよ」

ママをすんなり許してあげる代わりに、あたしは大事なお願いをしようと思った。でも、本当に大丈夫だろうか？　心配になって魔女を見ると、お祖母ちゃんみたいな白髪頭の魔女はにっこり笑って頷いてくれた。

「……あのね、ママ」

「うん」

「お祖母ちゃん、お庭のお花が大好きでしょう。お庭のお花がお祖母ちゃんの命なんだって。お祖母ちゃん、悪い病気で入院してるじゃない？」

「ぎっくり腰ね」

「そう、じっくり腰」

あたしたちの会話を聞いて、お姉さんが目を丸くした。ママが、あたしの代わりにお姉さんに説明をしてくれた。

「ぎっくり腰といっても、ちょっと重症なのよ。母さんは六十代だしまだまだ元気なんだけど、入院してきちんとケアした方がいいってお医者様にも勧められたの。長く入院するのなんて初めてだから、きっと凄《すご》く心細くなってるんだと思うわ」

あたしは、ママの言葉に大事な話を付け足した。

「そうだよ、病気はなかなか治らないし、お祖母ちゃんはたくさん心配してるの。中でもお世話できなくなっちゃったお庭のお花が一番心配なのよ。だって、お祖母ちゃんの命なんだから。だから、あたし、内緒でお庭のお世話に行ってたのよ。でもね、お世話頑張っても、どんどんお花の元気がなくなっちゃって……。パパもいっぱい手伝ってくれたんだけど、パパでもダメだったの……」

だんだん、声が萎《しぼ》んでしまった。やっぱり、あたしが悪い子だからいけなかったんだろうか？　また涙と鼻水が勝手に出てきて、袖《そで》でゴシゴシ拭くと、ママがハンカチをくれた。

ハンカチからは、ラベンダーの匂《にお》いがした。魔女たちの特別な優しい匂いだ。

「パパと二人で頑張ったのね。凄いわ。昼休みに学校の外に出てたのは褒《ほ》められたことじゃないし、本当はママにも教えて欲しかったけど……、でもパパにちゃんと相談できたならいいわ」

「本当？　怒ってない？」

「ママだって、お祖母ちゃんを心配してる気持ちは鈴子やパパと同じよ。だから、鈴子とパパがお祖母ちゃんのために力を合わせて頑張ってくれてたって知って、とっても嬉しいわよ。ありがとう、鈴子。それから、パパもね」

ママが笑顔で頷いてくれて、あたしはようやく少しほっとした。

「それじゃ……、お祖母ちゃんに元気になって欲しい？　ママも、お祖母ちゃんのお庭のお世話を一緒にやってくれる？」

「ええ、もちろんよ」

「魔女の家だからそう言ってるんじゃない？　家に帰っても変えない？」

今のママは、どう見てもよそ行きの時のママだ。きっと、猫を被ってるんだろう。そう思って念を押すと、ママはちょっと変な顔をした。でも、それでもやっぱり笑って頷いてくれた。

「大丈夫よ。約束するわ」

ママから大事な約束を取り付けて、やっとあたしは肩に背負ってた重い荷物を下ろせた気がした。ママに抱きついて、あたしは自分の頬をママの顔にこすりつけた。

「ママ、ありがとう！」

ママをぎゅうぎゅう抱きしめていると、ママは、大きなため息をついてから、あたしの背中を優しく撫でてくれた。

「はいはい……。まったくもう、あなたって子は……」


ママと手を繋《つな》いだまま、いざ家に帰る段取りになってあたしは焦った。

「ねえ、もう帰るの？　魔女のお婆《ばあ》ちゃんに、命の花のこと聞いてないよ」

ママだけで、本当にお祖母ちゃんのお庭のことがわかるんだろうか？　心配になってママの袖を引っ張ると、ママはあたしの頭にぽんと手を載せた。

「鈴子が寝てる間に淑子さんにはちゃんと相談したから大丈夫よ。それよりちゃんと淑子さんと奈津ちゃんにお礼をもう一回言って。二人とも、今日は本当にどうもありがとうございました」

「なんだ、そうなの。ありがとうございました。ばいばい」

　納得してさっさとそう言って、あたしはまたちょいっと頭を下げた。すると、ママがガシッと頭を摑《つか》んで、膝に頭がくっつくくらいに深くお辞儀《じぎ》させられた。まったく、ママの奴め。

　あたしのおかっぱ頭の上で、ママが魔女にこう言った。

「でも……、淑子さん。どうして鈴子があたしの娘だってわかったんですか？」

「そうねえ。近くの小学校が開校記念日だっていうのは知ってたから、きっと鈴子ちゃんはそこの子なんだろうとは思ったの。この近所に住んでいて、ママが魔女で、この黒猫屋のことをよく知ってる子――となると、候補は限られてくるわよね」

　そう言ってから、魔女は、目のまわりを皺《しわ》くちゃにして笑った。

「それにね、なにより喋《しゃべ》り方があなたにそっくりだもの、智子さん。それから、仕草もね……子供は、特に女の子は、ママの真似《まね》をしたがるものよ。なんだか自分の娘の小さな頃を思い出してしまったわ、わたし」

「あっ……、あはは、そういうことか。やだわもう」

　なぜだかママは、赤くなって大きな声で笑ってる。

　魔女が言った、あたしがママに似ているというのは本当だろうか？　なんだかちょっと嬉しくなって、あたしは魔女を見た。すると、やっぱり魔女も笑っていて、あたしは胸を張った。その隣で、ママが手の平でペンッと空気を叩いた。

「あたしったらダメね。家でもこんな調子でずっと喋ってるのが淑子さんと奈津ちゃんにバレちゃって、なんだか恥ずかしいみたい……でも、おかげで今日は本当に助かったから、よかったのかしら。あの、それじゃ今日は失礼しますね。また魔女のお茶会ではよろしくお願いします」

そう言って、ママはガタンと音を立てて二人乗りの自転車に乗った。あたしも続いて、ママの自転車の後ろにひょいっと乗り込んで、雨上がりの道路に溜まった水を弾いて家に向かった。

ママと一緒に学校帰りにお祖母ちゃんのお庭に来たのは、次の日曜日のことだった。

「あー……。この家、変わってないのねえ。ここに来ると、子供時代やら若い頃を思い出して微妙な気分になるのよねえ……」

頬に手を当てて、ママはなにやらブツブツ言ってる。

「なに言ってるの？　ママったら、早く来なよ。ほら、枯れそうなのはここのお花畑なの」

お祖母ちゃんのお庭は、結構広くて、たくさんのお花がある。花壇《かだん》に植えられている植物もあれば、植木鉢《うえきばち》の中で育っているのもあった。けれど、どんどん暑くなっているのに、小学校で育ててる植物と違って、濃い緑だったはずの茎《くき》やギザギザ尖っていた葉っぱは、空よりも土の方が好きみたいに垂れ下がってる。その中に小さな花や蕾《つぼみ》はいくつかあるけれど、やっぱりどれも元気がなくて、色もあんまり綺麗《きれい》じゃない。

それを補《おぎな》うように、パパが買ってきてくれたたくさんのお花用のお注射の入れ物が転がっている。お庭の様子を見て、ママが不思議そうに首を傾《かし》げた。

「これ、なあに？」

「どのお花も元気がないから、いっぱい栄養つけてあげようって、パパがお花用に使うお注射をたくさん買ってきてくれたんだよ。早く効くって書いてあるし、安かったからいっぱい買えたんだって。でも、嘘だよ、これ。全然効かないもん。毎日お水もたくさんあげてるんだよ。なのに、どうしてなのかなあ。ねえ、ママ。ここのお花、本当にもう寿命《じゅみょう》なんだと思う？」

あたしがそう訊くと、ママは呆気《あっけ》に取られたみたいにぽかんと口を開けた。

「あらまあ……」

そう呟《つぶや》くと、お祖母ちゃんのお庭を眺めたまま、ママはおかしそうにぷっと笑い出した。むっとして、あたしはママを睨《にら》んだ。

「なんで笑うの？　お祖母ちゃんの命の花が枯れそうなんだよ」

「ごめんごめん、違うのよ。ついつい、そそっかしいパパらしいなあと思ってね。パパっていつでもあんまり深く考えないで行動するから……きっとパパったら、店員さんに話も聞かないでパッケージと商品名と値段だけ見て買ってきちゃったんだわ。それも、こんなにたくさん」

ママは、花壇に手をついて、地面に突き刺さっている中身のなくなった半透明の細長い容器をひとつずつ抜いていった。

「確かに本当に注射器に似てるかもね……これは、液体肥料《ひりょう》の空《から》アンプルだわ。買ってきたのを一気に全部使っちゃったの？」

「うん。すぐに効いた方がいいと思って。たくさんあげたら、たくさん効くでしょう？」

「気持ちはわかるけど……、張り切りすぎね。淑子さんの言っていた通り……、きっとこれは、水の遣《や》りすぎなんだわ。それから、肥料もね」

ママは、お祖母ちゃんのお庭に腰を据えて、じろじろと観察している。あたしも横に座って、お祖母ちゃんのお庭をよく見てみた。座ってみると、まるで植物の目線になったように感じて、いつもと違うものが見えてきた気がした。

「ねえ、この土のところにポヤポヤ出てる白いの、なに？」

「これは、白カビね。この辺は家の壁のそばで太陽が全然当たらないから、お水が溜まってこんなのが生えてきちゃったんだわ……ねえ、鈴子。あなたは、お祖母ちゃんのお花が心配で、一日に二回も通ってお水を遣ってたんでしょう？　偉いわ、よく頑張ったと思う。でもね、鈴子もいくら大好きなホットケーキやハンバーグだって、十個も二十個もは食べられないでしょう？　そんなに食べたら、きっとお腹がはちきれちゃうわ。植物も同じなのよ。植物はお水が大好きだし、お水がなければ死んでしまうんだけど、一日に一回も貰《もら》えば十分なの。それ以上遣っても、お腹がいっぱいで反対に具合が悪くなっちゃうことがあるのよ。それに、最近暑かったのも悪かったのね。昼間に遣った水は、土の中でずいぶん高温になっちゃって、根が傷んじゃったのよ」

「……？　どういうこと？」

「なんて言えばいいのかなあ。ほら、ママって猫舌でしょ？　鈴子やパパは熱々のスープをぐいぐい飲めるけど、ママはいつも冷めるまで待たないといけないじゃない」

「あ……」

そういう時は、いつもパパと二人で『ママは可哀《かわい》そうだねえ』なんて言うのがうちのお決まりだった。あたしは、ママの顔を見た。

「それじゃ、お花もママと一緒で猫舌ってこと？」

「まあ、そういうことかな。お花はきっと、熱かったり冷たすぎるのより、ちょうどいいのが好きなのよ。だから、今みたいに暑い時期は、お水を遣る時間も気を付けなければならないの。それから、鈴子も具合が悪い時にはホットケーキもハンバーグも食べないでしょう？　そういう時は、温かいお粥《かゆ》が一番よね。パパが買ってくれたお注射は、元気な植物なら大好きだけど、具合が悪い植物には効果が強すぎるのよ。淑子さんもそう言ってたわ」

「そうだったんだ……」

せっかく頑張ったのにな。しょんぼりしていると、あたしの肩をママがぽんぽんと叩いた。

「誰にでも失敗はあるわよ。大事なのは、失敗からなにかを学ぶこと……と、ママは思うわ。言うは易しで、それがなかなか難しいんだけど……。でも、今からまた頑張ればいいのよ。鈴子は、ひとつしかない命の花を探してパパと二人で頑張ったんだもの。もう一回頑張ることだってきっとできるわ」

ママの声は、なんだか自信がなさそうだった。やっぱり、うちの魔女はあんまりあてにならないみたいだ。心配になって、あたしはママの顔を見た。

「本当にまだ大丈夫だと思う？」

「うん」

「でも、お祖母ちゃんの命の花がどれかもわからないのに？」

お祖母ちゃんを助けられなかったらどうしようと思うと、忘れかけていた怖さが胸の中に戻ってきた。泣きそうになっているあたしを見て、ママが手をぎゅっと握ってくれた。

ママは、お庭を見ながらこう教えてくれた。

「大丈夫よ、鈴子。ママにはちゃんと、お祖母ちゃんの命の花がどれだかわかっているから。……あのね、鈴子。お祖母ちゃんがこの花壇で育てている植物はね、みんな――ダリアという花なのよ」

「え？　でも、色も花の形も花びらの数も、全然違うよ」

「そうよ。ダリアにはたくさんの咲き方があるのよ。ダリアは、本当に全部が同じ花だなんて信じられないくらい品種改良が重ねられた花なの。ほら、鈴子の好きなチューリップにもいろんな色や形があるでしょう。あれと一緒よ。色なら、赤やピンクに黄色から純白まで揃《そろ》っているし、咲き方だって驚くくらいにいっぱいあるの。シングル咲きや、ポンポン咲きに、それから、ダリアと言えば思い浮かぶ、華やかなデコラティブ咲きも……」

「……？」

たくさんあるけど、ひとつのお花？　どういう意味だかよくわからなくて、あたしはお祖母ちゃんのお庭をもう一度じっくりと見つめた。やっぱり、あたしの目にはどれも違うお花に見える。本当にこのどれもが、お祖母ちゃんの命の花なんだろうか。

「淑子さんはね、鈴子の話を聞いて、この庭で育てられている花を、チューリップ、バラ、ダリアのどれかだろうって見当を付けたそうなの。チューリップもバラもダリアも品種がたくさんあるから……でも、チューリップかバラなら、鈴子だって形で名前がわかるでしょうから、ダリアだって閃《ひらめ》いたんだって」

ママの話を聞いて、あたしは思った。もしかしたら、黒猫屋のお婆《ばあ》ちゃんにはこの庭が見えていたのかもしれない。あのお婆ちゃんは、本物の魔女なんだろうか？

あたしが考え込んでいると、ふと、お庭の隅をすっと小さな黒い影が通った。猫？　長い尻尾《しっぽ》があった気がするけど、あっという間にいなくなってしまったから、よくわからなかった。でも――。どこか近くで小さく鈴の音が聞こえて、あたしはママの顔を見上げた。ママも同じことを思ってるのかどうか、こう言った。

「……とっても素敵なお庭よね。あらためてここに来てみて、ママにもお祖母ちゃんがどれだけこのお庭を大好きなのかが凄《すご》くよくわかったわ。――ねえ、鈴子。ママとお祖母ちゃんは昔から喧嘩《けんか》ばかりだけど、本当は仲良しなのよ」

「それ、本当？」

「うん。だから、なんにも心配しなくていいのよ」

喧嘩するけど、仲良しか。あたしは、少し黙って考えてみた。確かに、優しくするだけが仲良しの証拠じゃないのかもしれない。なんとなくわかった気がして、あたしはお祖母ちゃんのお庭を眺めた。

「そっかあ。あたしもママとたくさん喧嘩するけど、ママのことが大好きだもんね。それと一緒か」

するとと、ママはお庭を整理していた手を止めた。

「……そうよ。それと、おんなじなのよ」

なんだかママの声が、笑ってるだけじゃなくて嬉しそうに弾んでいる気がして、あたしはママの顔を見た。すると、ママはニコニコしながら、あたしにこう言ってくれた。

「せっかくここまで頑張ったんだもの。お祖母ちゃんのためにも、なんとかまた元気にしてあげましょう。ね？」

ママは、たまにしか見せない凄く優しい顔になっていた。この顔をした時のママは、本当に頼りになるんだ。だって、あたしのママは、魔女だから。ほっとしたら、あたしもママにつられて嬉しくなってきた。あたしはママに大きく頷《うなず》いた。

「うん！」


「――ねえ、ママ。お祖母ちゃん、喜んでくれるかなあ？」

今日これからのことを思うと、顔が勝手にニヤニヤしてしまう。やっとお祖母ちゃんのお庭のお花たちが少し元気になってきたので、パパが持ってる大きなカメラでたっぷり写真を撮ってくれたのだ。ママはこれを見て、『鈴子ばっかり写ってる』なんて文句を言ってたけど、あたしはとても良い写真だと思う。あたしが大きく可愛《かわい》く写ってるのは、大事なことだ。

パパの写真を収めたアルバムを持って、今日はお祖母ちゃんのお見舞いだ。

「お祖母ちゃん、またお菓子買ってくれるといいなあ」

「あなたは虫歯注意の歯が見つかったばっかりでしょうが」

「ならさ、家に帰ったら歯を磨《みが》けばいいじゃん」

あたしがそう言い返すと、ママはちょっと考える顔になった。

「……約束できる？」

「うん」

「まあ、お祖母ちゃんも喜ぶでしょうから、じゃあ買ってもらいなさい。とにかく早く病院に行ってあげましょう。鈴子の元気な顔を見るのが、お祖母ちゃんには一番よく効くお薬なのよ」

「うん！」

　お菓子もお祖母ちゃんも大好きだ。嬉しくなって、足が勝手にぴょこぴょこ飛び跳ねるような気持ちになって、あたしは病院に向かって走り出した。今日こそは、ママにもお祖母ちゃんにも負けないくらいにいっぱい喋《しゃべ》ってやろう。そんなことを、企《たくら》みながら。

第二話 火曜日はイースター

―コスメカウンターの新米魔女―

「持藤《もちどう》さんの使ってるアイシャドウ、やっぱりいい色だわ。思い切って買っちゃおうかなぁ」

勤めている百貨店のコスメカウンターで常連のお客様にそう言われて、あたしはついはにかんだ。ここは、とある大きな街の駅前にある大型百貨店の一階だ。まわりには、国内外の有名コスメブランドのカウンターが立ち並んでいる。

「春に新作で出て以来、ずっと人気で売上も上位なんですよ。よろしければ、もう一回試してみますか?」

「お願いできます? もう何度目なんだって話だけど、色違いは何色も持ってるから」

困ったように笑うお客様は、それでもとても嬉しそうだ。でも、悩む気持ちもよくわかる。

「ちょっとお値段張りますもんね。大丈夫です。たくさん悩んでください」

密かに鏡の前で練習中のアイシャドウが一番映える笑い方をして、あたしはお客様のタッチアップに臨《のぞ》んだ。今春発売されたばかりのこのアイシャドウカラーには、思い入れがある。あれは、ちょうど黒猫屋《くろねこや》を見つける少し前のことだった。

――その頃のあたしは、本当にどん底にいるみたいな暮らしだった。

脇役に感情移入するようになったのは、いつからだったろう。友達役でも敵役《かたき》でもない、もちろん主人公なんかじゃあり得ない。あたしはいつだって、ただ他人《だれか》の物語に花を添えるだけの背景で、壁の花。……なんて思ってた頃はまだマシだったと、あの日、あたしは痛感した。

「ほんっと持藤さんって華ないですよね！　ちょっと今日の化粧《けしよう》、地味すぎませんか？」

三歳も年下の先輩社員に、そんな風に言われてしまったからだ。――まさか、壁の花にすらなれないなんて。

誰も彼もが楽しそうに歩く、白いライトで輝いている百貨店の一階フロアから、音が消えたように感じた。新作化粧品が華やかな女優みたいに着飾って並び、フロア全体に甘い香りが常に漂う――あたしはこの場所で働く美容部員だった。

基礎化粧品からポイント化粧品までフルラインを扱う『ソルシエール』は、うちの化粧品メーカーの目玉ブランドだ。この『ソルシエール』の売り場で、あたしは怒られてばかりだった。

目の前に立っている浅木玲夏《あさきれいか》さんは、新人の頃からうちの会社の売り上げトップグループをキープしてる社員で、異動してきたばかりのあたしなんかよりずっと凄《すご》い人だ。けど、なにもみんなが見てるところで、こんな大声で言わなくたっていいじゃない。

「そ、そうかな……、浅木さん……」

「ほら、声も小さすぎるし、それじゃ店頭立ってもうちの商品の宣伝にならないですよぉ。いくら事務方から来たとはいえ、裏方感抜けきってなさすぎです。もっと大盛りに盛らないと！」

「……それじゃあちょっと、お化粧直してくるね。ごめんなさい」

急いで頭を下げて、逃げるようにトイレへと駆け込むと、個室にこもってあたしは何度も頬を拭《ぬぐ》った。どうしても、涙が止まらない。化粧を直して早く戻らなきゃと思っても、無理だった。足がすくんで、立ち上がれないのだ。

「なんで、あたしっていっつもこうなんだろう……」

異動前に所属していた経理部では、それなりにうまくやれていた、と思う。この不景気で会社が規模縮小して真っ先にこの最前線《はんばいてんぽ》に飛ばされたから、思ってただけかもしれないけど、それでも可もなく不可もなく働けていたはず。なのに、あたしはいつも貧乏くじだ。

ふと、あたしは以前このトイレでよく遭遇《そうぐう》した先輩のことを思い出した。

「こんな時に、森川《もりかわ》先輩がいてくれたらなぁ……」

森川三枝子《みえこ》先輩は、職場で唯一あたしをフォローしてくれた優しい人だ。……けど、もうこのトイレで会うことはきっとない。

「……ああ、行かなきゃ……」

職場に戻るために、なんとか立ってトイレを出る。せめて、不快でないようにだけ、心がけて。


仕事に行き詰まるばかりの毎日の中で、黒猫屋を見つけたのは本当にひょんなことからだった。少ないお給料をやりくりして食糧を買いだめて家に帰ったあとで、買い忘れに気がついてスーパーに向かっていると、ふと澄んだ鈴の音が聞こえたのだ。目をやると、そこには小さな看板があった。

「……お店？」

こんな住宅街に？　木の枠《わく》に入ったガラス製の看板には、三日月に黒猫が丸くなって寝そべった絵があって、その首元には本物の鈴が揺れている。くるくると蔦《つた》のように不思議な曲線を描くレタリングの文字は、『ｗｅｌｃｏｍｅ　街の小さな雑貨店　黒猫屋』と読めた。そして。

「魔女の魔法、あります……？」

そう書かれていた。つるバラに覆《おお》われた門扉《もんぴ》の向こうを覗《のぞ》くと、緑に彩《いろど》られたアーチのあるとても小さな前庭が見えた。その奥に、おもちゃの家みたいな洋風のレンガ造りの家がある。でも、どう見ても、ただの民家。お店かもなんて、勘違いかもしれない。けど、こんな腐った生活の中に少しでもいいことを見つけたくて、『ｗｅｌｃｏｍｅ』の文字を言い訳に門扉を開いた。すると。

「あら、お茶会にいらっしゃったの？」

少し掠《かす》れて甲高《かんだか》い、でも温かな声が響いた。見ると、まるでモネの絵画の中にいるように日差しを受けて魔女は立っていた。それは、銀色に光る白髪を長く伸ばして結った小柄な可愛《かわい》いお婆《ばあ》ちゃんだった。洗い晒《ざら》しの白いエプロンに、青い小花が散った愛らしいワンピースを着て、手にはよく使いこまれたブリキの如雨露《じょうろ》が光っている。突然現れたその人に、慌《あわ》ててあたしはこう言った。

「あの……。三日月の看板を見たから……」

「三日月……に見えたのね。あなたには」

小さく頷《うなず》いてから、その人は彫りの深い顔を少しだけしかめた。淡いグレーの瞳と高い鼻はなんだか日本人離れしている。もしかして外国人のお婆ちゃん？　ついじっと見ていると、その人はにこっと笑った。笑うと目尻に皺《しわ》がいっぱい集まって、それがこの人の生きてきた人生で刻まれた年輪のように柔らかな印象を与えた。その笑顔を見て、少し警戒と緊張が緩《ゆる》んだ。少なくとも悪い人には見えない。

「ちょうど、お茶会の準備をしようと思ってたとこだったのよ。始まるまでまだちょっと時間があるけど、いらっしゃいな。可愛いお客さん」

お茶会ってなんだろう？　看板に誘われて入っただけの一見客《いちげんきゃく》だと早く言わなくちゃ。そう思ったけど、門前払いされたくなくて言い出せなかった。なにかに興味を持つなんてことが久しぶりで、自分でもその感情がよくわからなかった。この人が、何年か前に亡くなった祖母にどこか似ているから？　それとも、魔女がかけた魔法のせいだったのかもしれない。

そのお婆ちゃんは、弦巻淑子《くろまきとしこ》さんといった。それが、あたしと魔女《かのじょ》の出会いだった。

おもちゃのような家のカラフルなガラス戸を開けると、そこが、『街の小さな雑貨店黒猫屋』だった。店の中はドライツリーやハーブの苗などの自然物を使った装飾が多く、屋内に入った気がしない。まるで、森の中みたいだ。

「せっかくお店に来てくれたけど、今日はこのフロアを使ってお茶会をやるのよ。よければあなたも参加していってくれたら嬉しいんだけど。奈津《なつ》さん、お時間はある？」

自己紹介したばかりの名前を丁寧《ていねい》に呼ばれ、あたしは曖昧《あいまい》に頷《うなず》いた。

「ええと、……少しなら」

「そう、よかったわ。準備があるから、ちょっと待っててね」

淑子さんは、奥へ消えてしまった。なんだか変な成り行きになったなと思いながらも、とりあえず店内を眺めてみることにした。店舗《てんぽ》となっているフロアはそう広くなくて、ひとまわりですべての商品を見ることができた。商品の陳列棚《ちんれつだな》には、ドライハーブや鉱石なんかが意味深《いみしん》に並んでいる。棚の下には、とんがり帽子を被《かぶ》った妖精が覗いていた。なんだか不思議なお店。あたしがそう首を傾《かし》げていると、ふいに入り口のガラス戸が勢いよく開いた。

「お邪魔します！　淑子さん、いますか？」

声と一緒に入ってきたのは、髪を後ろでひっつめにした三十代後半くらいの女の人だった。その女の人は、ぎょっとしているあたしを目を丸くして見つめた。

「あらこんにちは。あなたも黒猫屋のお客さん？　それとも、魔女のお茶会の方かしら」

「えっ？　ええと……」

あたしが困っていると、すぐに淑子さんが出てきてくれた。

「智子《ともこ》さん、いらっしゃい。そうなの、ちょうど黒猫屋《おみせ》に来てくれたのよ。ねえ、奈津さん。あんまり可愛いお客さんだから、つい強引にお招きしてしまったの」

「淑子さんったら、相変わらずですね。こんにちは。あたしは笹澤《ささざわ》智子です。よろしくね」

「あっ、あの、持藤奈津といいます。どうも」

とりあえず会釈《えしゃく》しながら、あたしは内心で首を捻《ひね》った。魔女のお茶会？　なんだか怪しい響きな気がする。もしや、インチキ商法かなにかの会合だろうか。でも、淑子さんと智子さんという女性は、かなり年が離れているのに気安く笑いあっている。まるで井戸端《いどばた》会議だ。

　それから間を置かずに、続々と見た目や年齢のバラバラな女性たちがどんどん来店してきた。みんな普通でとても魔女になんか見えないけれど、誰もが新顔のあたしに興味を持った。

「わぁ、新しいお客さんだー。初めましてー！」

「あ、ど、どうもこんにちは」

　ぎこちなく挨拶《あいさつ》を繰り返すあたしに助け舟を出してくれたのは、やっぱり淑子さんだった。

「まあまあ、そんなにみんなして囲まないで。奈津さんは、今日はお試し参加なのよ。ゆっくり見学していてね。さあ、そろそろお茶会の準備を始めましょう」

「はぁい」

淑子さんの号令に、集まった人たちは荷物を置いて上着を脱いで動き始めた。淑子さんがまた奥に消えて、一人おろおろしてると、最初に来た智子さんが声をかけてきた。

「淑子さん、お年でしょ？　だから、お茶会の準備はあたしたちも手伝うことになってるの。でも奈津さんは初めてだから、準備ができるまで待っててていいよ」

棚や喫茶用らしきテーブルセットが片付けられ、代わりに奥からダイニングテーブルが運ばれてきた。智子さんは、椅子《いす》を用意している。ひと段落ついたところを見計らって、あたしは尋《たず》ねてみた。

「智子さん、あの……、魔女のお茶会ってなんなんですか？」

「ああ、うん、なんて言ったらいいのかな。――あのね、淑子さんは魔女なのよ」

「えっ、魔女って、ジブリ映画とかハリポタに出てくるアレのことですか？」

看板の但《ただ》し書きを裏切らない回答に面食らってそう訊《き》くと、智子さんはぷっと噴き出した。

「いやー、さすがに空とか飛んだりはできないんじゃないかな。ともかく淑子さんって、

『視《み》える』人らしいのよね。自分の目で見なくてもなんでもわかっちゃうみたいでさ。で、あたしたちは魔女見習いってとこね。魔女のことをこのお茶会で教えてもらってるの。だから、『魔女のお茶会』、ね。と言っても、参加費もほとんど使う材料と飲食代だし、ただお喋《しゃべ》りするだけだけど、淑子さんの話は聞いてるだけでも面白いよ。たまによくわからないことを言うし、ビックリするくらい不思議なことも起きたりするけど……まあ、アレよ、淑子さんに訊くのが一番早いって」

説明しているうちに自分でもよくわからなくなったのか、智子さんは頭を掻いた。すると、それを助けるようなタイミングで、他のお客さんから声をかけられた。

「奈津さん、奥で淑子さんが呼んでますよ。行ってあげてもらえます？」

「あ、はい！」

頷いて、あたしは急いで淑子さんが消えた奥の扉へ走った。

黒猫屋の奥は、住居スペースらしきキッチンになっていた。使い勝手よさそうに綺麗《きれい》に整頓《せいとん》されたキッチンで淑子さんと二人になると、少し安堵《あんど》できた。あたしは淑子さんに訊いた。

「淑子さん、あの……、お茶会の参加費っていつ払えばいいですか？」

「あら、いいのよ。今日はわたしが無理に誘ってしまったんだもの。でも、そうね。参加費代わりにお手伝いしてもらえると嬉しいわ。どうかしら」

「はい。大丈夫です」

「ありがとう。そこの卵を洗ってくれる？」

「わかりました」

バスケットに入っている卵を、あたしは丁寧《ていねい》にひとつずつ流しで洗った。キッチンの先の扉に消えてまた戻ってきた淑子さんに、智子さんにした質問をもう一度してみることにした。

「淑子さん、さっき智子さんにも訊いてみたんですけど。……魔女ってなんなんですか？」

すると、淑子さんは少し考えてこう答えた。

「そうねえ、なんて言えばいいかしら。魔女っていうのはもともと、生活の知恵に長《た》けた賢い女性のことを言ったの。自分が得た知恵や知識を使って誰かの力になったり、自然に感謝して季節の移ろいを祝う、いわば生き方上手な女性のことね。だから、なにも特別な存在じゃないの。現に、わたしの母は優秀な魔女だったわ。と言っても、魔女がそれぞれ持ってる力は微妙に違うものなんだけど。でも、誰だってなろうと思えば魔女になれるし、魔法そのものにさえなることができるのよ」

「はぁ……」

せっかく勇気を出して訊いたのに、意味はよくわからなかった。けど、その『生き方上手』という言葉には引っかかった。上手に生きるっていうことが、……あたしにはとても難しいことだから。

淑子さんの母親はイギリス人で、向こうで魔女として困っている人の手助けなどをしていたのだそうだ。そういえば、店舗フロアに置いてあったガラスケースに外国の人が写ったモノクロの家族写真を見かけた気がする。淑子さんいわく、魔女という存在はあちらではそう珍しくはないそうだ。魔女の母親の血を継ぐ淑子さんも、——当然魔女なのだった。

「さあ奈津さんが卵を洗って持ってきてくれましたよ。今日はイースターエッグを作りましょうね」

淑子さんがそう言うと、女性ばかりが集まった六、七人のお茶会参加者たちが、ぱちぱちと拍手をした。そして、ギンガムチェックのクロスがかかったバスケットから、それぞれ卵を取った。そういえば、小さく掲《かか》げられた黒板には、『イースターについて』とカラーのチョークで書いてあった。下には、今年のイースターの日付と卵をお腹で温める猫のイラストが描かれている。

「イースターは、春の訪れを祝う魔女のお祭りです。春分《しゅんぶん》を境に昼と夜の長さが入れ替わって、光の季節になります。太陽の復活と豊穣《ほうじょう》を祝うこのお祭りでは……」

「あれっ。淑子さん、イースターってキリスト教のお祭りじゃないんですか？」

まるで学校の授業を聞く生徒みたいに声をあげた智子さんに、淑子さんは頷きかけた。

「イースターは、曙《あけぼの》と春の女神エオストレを称《たた》えるお祭りとキリスト教の復活祭が習合されてできたのよ。長い冬を追い払って春が訪れ、生命が蘇《よみがえ》っていくさまが、キリストの復活のイメージと重なっていったんでしょうね。イースターには、豊穣を祝うお祭りだった頃の名残《なごり》がたくさんあるの。イースターの卵は生命の誕生そのものを表しているし、イースターのシンボルのウサギは多産の象徴よ。それから、プレゼントとしてイースターエッグを贈る習慣もあるわね」

「プレゼント……」

あたしは、先日勇気を出して職場の森川先輩にプレゼントを贈ったことを思い出した。それは、盛大に空《から》まわって失敗に終わってしまった。勝手に沈んでいるあたしに、淑子さんがこう言った。

「よければ奈津さんもどうぞ。きっと楽しいわよ」

「あっ……。すみません。それじゃ、ひとつだけ」

　勧《すす》められるままに、あたしもバスケットに残っていた卵に手を伸ばしてみた。淑子さんに言われた通りイースターエッグ作りにとりかかってみると、意外と難しい。ちょっと力を入れると、卵が割れかねないのだ。集中するうちに、暗い思考が少し遠のいた。

「そう。卵の天と底に針でそーっと穴を開けて。次は爪楊枝《つまようじ》で中の卵を潰《つぶ》すのよ。上の穴からストローで息を吹き入れると、中身が出てくるわ。ただ捨てるんじゃ勿体《もったい》ないから、卵はオムレツにでもしようかしらね……中身を取りだしたら、よく洗ってドライヤーで乾かすのよ。中に卵が残ってると、あとで匂《にお》いが出ますからね」

　みんなの作業を見守りつつ、淑子さんはキッチンへ立った。借りた絵の具であたしが下手《た》くそな星を描いていると、隣でさっき名前を聞いたばかりの吉井綾《よしいあや》さんという女性がハートマークを真っ赤に塗りつけていた。彼女は真っ黒な髪を長く伸ばした化粧《けしよう》っ気のない色白の若い女性だ。智子さんが、綾さんに訊いた。

「綾さん、それ、彼氏にあげるの？」

「そんなのとっくに別れちゃいましたよぉ、智子さん。だからこれは、新しい出会いを願って……はいできた」

　そこへ、湯気を立てたオムレツを持って淑子さんが戻ってきた。

「皆さん、オムレツができましたよ。さあ召し上がれ」

「わあ、美味《おい》しそう！」

テーブルの上を、ほんのりとバターの匂《にお》いが立ち上るチーズオムレツが飾った。卵の鮮やかな黄色を引き立てるように、きりっとした緑のパセリが添えられている。お腹がぐうっと鳴った。ありがたくご相伴《しょうばん》に与《あずか》ってみると、半熟の卵とチーズが舌の上でとろけて、さりげなく中に仕込まれた新鮮なトマトとバジルの爽《さわ》やかな香りが鼻を抜けていった。素晴らしく美味しいオムレツを囲みながら、綾さんの恋愛の話をお喋《しゃべ》りな智子さんが突っつき始めた。

「綾さん、なんであの彼と別れちゃったの？　かなりハイスペックだったんでしょう。ええと、帰国子女でバイリンガルで……」

「トライリンガルです。でもやっぱり高望みしすぎて釣り合ってなかったのかなぁ。先月のホワイトデーのお返しで、自分が本命じゃないことに気づいちゃって。なに貰《もら》ったと思います？　櫛《くし》ですよ。あたしなんか、バレンタインには奮発してゴディバのチョコと時計をあげて、ホワイトデーも貰いっぱなしになったら悪いと思って彼が育った国で有名な花まで用意していったのに」

「櫛か～」

みんなの合唱になった。綾さんは、大きくため息をついた。

「あたしばっかりイベントで張り切っちゃって、恥ずかしいったらなかったです。あれっきり連絡もないし自然消滅ですよ。こうなったら、新しい出会いでも求めなきゃやってらんないです」

空になったオムレツのお皿を片付けてしばらく経《た》ったあと、淑子さんはポットを持って戻ってきた。紅茶の香りがふわりと部屋に満ちた。チーズオムレツで少し重くなった舌に嬉しい紅茶の登場で、頬が自然と綻《ほころ》ぶ。紅茶が入るのをみんなで待っていると、ふと綾さんが思いついたように淑子さんを見た。

「そうだ、淑子さんに頼もうと思ってたことがあるんです。確か淑子さんは、恋愛占いもできるんでしたよね。あたしにいい出会いがあるかどうか、よければ占ってくれません?」

「あらまあ。でもねえ、占いなんて自分の気に入る結果が出た時だけ信じるものなのよ。気に入らない結果が出たらきっと当たらない。そういうものだわ。それに、どんな問題にだって読み解く鍵《ヒント》は日々の生活の中にあるの。よーく注意してれば答えはちゃんとわかるようになってるものだから……でも、こんな話だけじゃ詰まらないわね。手遊び程度にやってみましょうか」

片目を瞑《つむ》って、淑子さんはまず綾さんに紅茶を注いだ。

「ちょうどいいわ、紅茶占いにするわね。紅茶占いは十九世紀のヴィクトリア朝時代のイギリスで流行したのよ。占いたいことを思い描いて茶こしを使わないで淹《い》れた紅茶を飲むの。飲み終わったらカップを時計回りに三回まわしてソーサーに伏せて、カップの底に残った茶葉の枚数で占うのよ」

「よかったね、綾さん。もうそんなケチくさい男のことなんか忘れちゃいなよ。どうせ大した男じゃなかったんだからさ」

智子さんが綾さんを元気づけるようにそう言うと、淑子さんは小さく呟《つぶや》いた。

「……本当にそうかしら」

「……？」

隣にいたあたしが振り返ると、淑子さんはあたしを見て、意味ありげに微笑《ほほえ》んだ。伏せたティーカップが載ったソーサーを綾さんから受け取って、淑子さんは綾さんに訊いた。

「ねえ、綾さん。彼がくれたホワイトデーのプレゼントって、そのあとどうしたの？」

「え？　あ、櫛ですか？　受け取らないで返しちゃいました。失礼だとは思ったんですけど、あたしがバレンタインに渡したプレゼントとの落差が激しくてあんまり恥ずかしくて。それで、驚いてる彼にそのまま花だけ押し付けて帰ってきたんです」

「その時に渡した花って、もしかしてチューリップじゃなかった？」

「はい。彼の育った国で有名な花だからと思って……。でも、なんでわかるんです？」

首を傾《かし》げた綾さんに、淑子さんは片目を瞑ってみせた。

「魔女は花の魔力も使うのよ。チューリップは身に着けていると悪運に見舞われずに済むと言われてるの。ちょうど季節だしそのあと彼から連絡がないって言ってたから、そうじゃないかと思ったのよ。綾さん。チューリップで有名なのはオランダよ。彼が育ったドイツではなくて」

綾さんは、驚いたように目を瞬《まばた》いた。

「……ああ、そっか！　チューリップって、オランダの花だったんだ。あたし、勘違いしてました。地理は苦手だしヨーロッパなんて行ったことないから、ごっちゃになってて」

「やっぱりそうだったのね」

「どういう意味ですか？」

「実はね、チューリップはオランダでは国花として尊《とうと》ばれているけれど、ドイツで育った人には全然違う意味を持つの。――ドイツでは、チューリップは絶交という意味を持つのよ。彼はプレゼントに凝《こ》る素敵な人みたいね。相手に使って欲しいというだけじゃなくて、他の意味も込めるのが好きなんだわ。今回はそれが二人のすれ違いの原因になってしまったようだけど……。きっと彼は、『さよなら』を意味するチューリップと、それから櫛のプレゼントを受け取ってもらえなかったことで、綾さんに振られたと思ってしまったのね」

「櫛も……、ですか？　でも、確か櫛って、苦しむとか死ぬって言葉と掛けられるから、贈っちゃいけないはずですよね。日本で育った方じゃないから、知らないのかなと思ったんですけど」

そう言ったのは、鶴見咲羽子《つるみさわこ》さんというシンプルな化粧をしたあたしより少し年上のショートヘアの女性だった。淑子さんは、その人に頷《うなず》いた。

「櫛の意味はそれで合っているわ。けれど、好きな女性に贈るとなると全然意味が変わるの。苦しい時も分かち合って死ぬまで添い遂《と》げよう――結婚しようっていうメッセージにね。櫛を受け取ったら、プロポーズを受けるという意味なのよ。だから、受け取らなかったら……」

「彼はプロポーズを断られたと思い込んだんだわ！　大変じゃない！　どうするの、綾さんっ」

智子さんが大げさに声を上げて手を叩き、そのまま隣の綾さんを揺さぶった。

「あたし、振られてなかったってことですか？　でも、あれから結構時間が経っちゃってるし……」

「そうじゃなくて、あなたの気持ちはどうなのって訊いてるの。好きなら、連絡しなきゃ！」

「それは……」

好きです、という小さな声と同時に、淑子さんが伏せられていたティーカップをそっと開いた。

「あらまあ、大変。残った茶葉は二枚ね。意味は、『再チャレンジ』。急がなきゃ、綾さん」

綾さんはぽーっとリンゴみたいに真っ赤になって、スマートフォンを握りしめて立ち上がった。

「淑子さん、あの、魔法をどうもありがとうございました。あたし、今日はお先に失礼します……」

失恋を愚痴《ぐち》っていた時の勢いとは反対にぎこちない声でそう言って綾さんは帰り、魔女のお茶会もお開きになった。淑子さんは、まるで本当の魔女みたいに遠くで起きた出来事を解決してしまった。舞台袖《そで》から手品ショーを見たような夢心地のまま、あたしは黒猫屋をあとにした。

黒猫屋からの帰り道のことだった。ふいに知った顔とばったり会ってしまった。つい、しまったと思った。目が合った瞬間、あたしだけでなく向こうも困った顔になる。

「あ……、持藤さん。やだ、また会っちゃったね。この辺で会うの、二回目だっけ」

「お疲れ様です。……森川先輩」

あたしは、急いで頭を下げた。魔法みたいだった時間がパチンと弾《はじ》けて消えて、体が緊張で固くなった。森川先輩とあたしは、この近所に住んでいる。そのこともあって、森川先輩とは話も合ったし気にかけてもくれていた。最初のうちは。

気のせいか、森川先輩は伏し目がちだった。それに、なんだか顔色も悪くて浮腫《むくみ》も出ているようで、疲れて見えた。

「あの、森川先輩は仕事帰りですか？」

「そうなの。持藤さんは今日お休みをとってたんだよね。あたしは、このあと前島《まえじま》君と待ち合わせで……あ、ごめんね、変な話をして」

「いいえ」

前島さんというのは、森川先輩と同期入社したという管理部で働いている男性だ。恋人は本人を映す鏡というけれど、前島さんも森川先輩同様優しい男性だ。たまに顔を合わせる程度だが、よく新入りのあたしを気にかけてくれる。森川先輩は、前島さんと近々結婚するのだそうだ。

森川先輩が退職するために有休消化を始めると知って、お世話になったお礼もかねてお茶のリーフの詰め合わせのプレゼントを渡したのは少し前のことだ。けれど、趣味が合わなかったのかあたしのセレクトが悪かったのか、そのプレゼントを森川先輩が浅木さんに渡しているのを見かけてしまった。あんなの、見たくなかった。本当に、あたしは間が悪い。

湧き上がった暗い気持ちを気取《けど》られないように笑顔を作って、あたしは森川先輩にこう言った。

「あの……、楽しんできてくださいね」

「え？　あ、ああ、そうね……」

森川先輩が頷くと、そこで会話が途切れた。以前はよく森川先輩とはトイレで泣いている時に遭遇《そうぐう》したけれど、最近はめっきりトイレで会うこともなくなった。職場でシフトが被《かぶ》ってたまに顔を合わせても、ぎこちない挨拶《あいさつ》を交わすくらいのものだ。社交辞令《しゃこうじれい》以上に話すこともなく、あたしたちは目を泳がせた。

「それから明日は……、持藤さんは遅番だったね。頑張って。それじゃあ」

どこかよそよそしいまま、あたしと森川先輩は別れた。以前気さくに話しかけてくれたことや、浅木さんに怒られた時にもフォローしてくれたことが、今でも未練がましく忘れられない。けれど、森川先輩とは、もうずっとこの調子だ。どうしてだか、理由はわからない。答えの出ない悩みをぐるぐると考えながら、あたしは寝るためだけの一人暮らしの部屋に帰った。

「……なんで、いつもこうなのかな」

なんとなく、あたしは今までのことを思い返した。新卒で就職した会社を、半年で辞《や》めた。一応世間に名の通った企業だったけれど、ついていけなくなったのだ。辞めて気づいたのは、その企業が特別厳しいわけじゃなくて、どこの会社も同じように厳しいということだった。転職活動は甘くなかった。縁の下の力持ち、コツコツやるのが好き。そんな誰かからの借り物みたいな自己ピーアールを重ねて、ようやくありついたのが今の会社だった。だから正直なところ、この会社がなにを取り扱ってるかなんて二の次三の次だった。転職活動が難航して苦し紛《まぎ》れに履歴書《りれきしよ》に『職場の潤滑油《じゆんかつゆ》になれる』だなんて大言壮語《たいげんそうご》を書いたから、そのバチが当たったのかもしれない。でも、もう二十五歳になる。第二新卒として転職するにしても時間はあまり残っていないし、こんな職歴じゃ格好もつかない。

「黒猫屋、か……」

久しぶりに少し気持ちが浮き上がった。けれど、すでにあんな親しげな空気が出来上がってるところに一人で飛び込む勇気なんてない。魔女や魔法にだって興味はないし、信じてるわけでもない。新しいことを始めてまた傷つくのも怖かった。たぶん、もう行くこともない。明日からは、また仕事だけの毎日だ。


それからしばらく経《た》ったある日のことだった。その日、いつもより早く起きて作ってきたお弁当を食べ終わると、少しだけ昼休憩にゆとりがあった。またいつものトイレにこもって午後を乗り切る決意を固めていると、ふいに、個室の外で自分の名前が呼ばれた。

「……浅木さんってさ、なんであの新人の持藤さんって子にあんなに厳しいの？　この間もまたトイレに引っ込んじゃったらしいじゃない」

「！」

聞いたことのあるその声は、同じフロアで働く別の化粧品《けしょうひん》メーカーの女性の声だった。あたしのことを話してる。聞いちゃいけない、と思う前に、浅木さんの声がすぐに返ってきた。

「だってあの子、ちっともやる気が感じられないんだもん。あたし、そういうのが一番腹立つのよ。それに、仕事とは別で変な話も聞いてるからさ」

「どんな話？」

「あの子、森川先輩を泣かせたみたいなんだよね」

「えっ、あの森川さんを？　そういえば『ソルシエール』の前島さんに気がありそうみたいな噂《うわさ》聞いたことあったな。それじゃ、最近森川さんが休みがちなのって、あの子を避けるため？」

「それもあるかもしれない。泣かされたんだもん、無理ないでしょ……」

声が遠ざかっていって、またトイレは静かになった。どきどきして、心臓が耳元にあるみたいだった。浅木さんたちの会話が頭をぐるぐるまわって、感情がぐしゃぐしゃになった。悪口を言われてるのを知るのなんて初めてじゃなかったけど、直に耳にするのは初めてだった。今回は内容も酷《ひど》い。

「森川先輩を、あたしが泣かせた……？」

そんなこと、断じてしていない。ということは、浅木さんは嘘をついてるんだろうか。

でも、どうしてそんな嘘を。混乱しているうちに、スマートフォンのアラームが鳴った。

もう休憩が終わる時間だ。人形みたいにぎくしゃくとした動きで、背筋だけ伸ばしてあたしはトイレを出た。頭がこんがらがったままで、また仕事でミスを連発した。

「雨……」

こんな日は、悪いことが重なるものらしい。早番の仕事を終えて外に出ると、春の冷たい雨が降っていた。まだ夕方なのに、空はどんよりと暗い。肌を刺すような雨のしずくが、パンプスの先に染《し》みてくる。惨《みじ》めすぎて泣いてしまいそうになって、母に愚痴《ぐち》でも聞いてもらおうと、あたしはスマートフォンを取り出した。

「……もしもし、お母さん？」

『奈っちゃん？　久しぶりね、声が聞けてお母さん嬉しいわ。元気にしてた……あっ、ちょっと電話取らないで！』

子供が騒ぐ音とともに、急に母の声が途切れた。さっきより少し遠くで、母の声が聞こえる。

『こらっ、奈っちゃんから電話なんだから返しなさいったら。ねえ波瑠《はる》ちゃん、ちょっと子供ら注意してよ』

「え……、波瑠ちゃん……？」

予想外の名前に、心臓がぎゅっと摑《つか》まれる。波瑠ちゃんは、あたしの姉だ。すると、スマートフォンを取り戻したらしき母がまた電話口に出た。

『ごめんね、奈っちゃん。波瑠ちゃんと子供らが今実家《こっち》に来てるのよ。……え？　そうよ、奈っちゃんからよ。波瑠ちゃん、電話代わる？』

母の声の裏で『代わる代わる！』と明るい声が聞こえて、あたしは焦《あせ》った。

「い、いいよなんでもないから！　忙しいなら切るねっ」

『えっ？　奈っちゃん——？』

まだ母はなにか言おうとしていたけれど、構わずあたしは電話を切った。姉は昔から苦手だった。姉は、あたしと違って可愛《かわい》くて頭がいいし、なにより要領がいい。大学で知り合った人とすぐに結婚して、仕事もさっさと辞めて今は専業主婦。二人姉妹なのに、同じ女なのに、姉は女で苦労したことがない。だからなんにもわかってない。最近では、姉は顔を合わせれば『早く結婚しなよ』と説教してくる。そんなことを言われても相手もいないのにどうしようもない、なんて言っても、なんでもうまくやってきた姉には伝わらないし、人生の格差を見せつけられて嫌な感情に染まるから触れないようにしていた。

「波瑠ちゃん……、実家にいるんだ……」

それでは、仕事を辞めたとしても実家には帰れない。姉に悪気がないのはわかっているけれど、それだけに苦しい気持ちを理解されずに正論ぶったアドバイスをされるのが辛《つら》かった。正論やアドバイスは、時に人の心を傷つける凶器になるから。

誰にも必要とされていないどころか、家族の中でも職場でもあたしがいなくなった方がずっといい気がした。死にたいわけじゃないけど、時々無性に消えてしまいたくなる。仕事を変えたいけれど、それでうまくいくようになるんだろうか？　なんだか暗い未来しか想像できなかった。なんで生きているかわからないようなこんな時を、――生き方上手な女の人はどうやりすごすんだろう？　いくら考えても、答えはわからなかった。あたしは、ぽつりと口の中で呟《つぶや》いた。魔女なら……。

「淑子さんなら……、なんとかしてくれるのかな……」

あの女性だらけの雰囲気《ふんいき》、美容部員たちの立つ職場を思い出して苦手だった。だから、もう黒猫屋にも魔女のお茶会にも行く気なんかなかった。けど、綾さんに魔法をかけたみたいに、あの不思議なお婆《ばあ》ちゃんならあたしのこの救いのない現状を魔法で変えてくれるんだろうか？

ぼんやりとそんなことを考えていると、いつの間にかあたしの目には、月の上で昼寝をしている黒猫が映っていた。

「あ……」

春の雨に打たれて、首輪の鈴が小さな音を立てている。

「まあ、奈津さん！」

ガラス戸を開けると、すぐに淑子さんの明るい笑顔が迎えてくれた。まるで待ちかねていたかのように、淑子さんはあたしに駆け寄ってきてくれた。

「ありがとう。また来てくれたのね」

「……はい。すみません、突然お邪魔して」

あたしが謝ると、淑子さんはぷっと噴き出した。明るく笑って、淑子さんは言った。

「なにを言っているの、うちはお店なのよ！　お店を開けてる時間ならいつだって歓迎よ。もっとも、最近は怠《なま》けちゃって開けてない日も多いんだけど」

「そうなんですか？」

「ええ。嫌ね、歳《とし》を取ってしまって。なんだか足腰も弱くなってきたのよね。だから、立ち話よりお茶に付き合ってくれると嬉しいんだけれど。もしよければ、どうかしら」

「いえ、でも……」

なにか買わなくちゃ悪いと思って鞄《かばん》を探ろうとすると、あたしの手に淑子さんがそっと触れた。

「ほら……、こんなに冷えてるわ。外は雨が降っているものね。でも、女の子がこんなに体を冷やしちゃダメよ。はい、タオル」

　そういって、淑子さんはあたしの手の上にほのかにラベンダーの匂《にお》いが移ったタオルを載せてくれた。自分の手なのに、氷みたいに冷えきっていたことにも気づかなかった。そのことに、他人のはずの淑子さんが気づいてくれたことが嬉しかった。淑子さんは、こう続けた。

「わたしもちょうどお茶を飲みたいと思ってたところだったの。だから、ね？」

「それじゃあ……、すみません」

「そう言ってもらえると嬉しいわ。今日の奈津さんは、なんだか元気がないみたいだから……なにかあったなら、話してくれるともっと嬉しいんだけれど」

「え……？」

「とにかくそこに座って。すぐにお茶を用意してくるから」

『視《み》える』と噂の淑子さんの淡いグレーの瞳が意味深に微笑《ほほえ》み、キッチンへと消えた。ヤドリギのドライツリーや小さな鉢に植えられたハーブの苗が彩る、緑の森の中にいるような黒猫屋で一人になると、あたしはほっと息を吐いた。甘い香りを持つ花とも違う、清廉《せいれん》で生き生きとした香気が体を巡っていく。胸に渦《うず》巻《ま》いていたどろっとしたなにかが、すうっと遠のいた気がした。タオルを目元に当てると、ラベンダーの匂い。淑子さんの匂いだ。

た。


「お湯が沸くまで、少し待ってね」

まだお湯の注がれていないガラス製の急須《きゅうす》をトレイに載せて、淑子さんが戻ってきた。茶こしの中に、乾燥してくすんだ色になった緑や黄味がかった葉が幾重《いくえ》にも連なって見えた。


「自然ないい色でしょう。ハーブティーは、舌だけじゃなく目や鼻でも楽しむものなのよ。だからね、ご存分に」

ガラスの急須に目を落としたまま、淑子さんが言う。微笑んでいるのが、目を上げなくてもわかった。あたしは、淑子さんに訊いた。


「淑子さん……」

「うん？　なぁに？」

「どうしてあたしにこんなに親切にしてくれるんですか？　あたしなんて、なんの関係もないただの赤の他人なのに……。初めて会った時だって、あたしが魔女のお茶会に参加しに来たわけじゃないって知ってたんでしょう？」

黒猫屋のお客さんを増やすため？　そんな俗《ぞく》っぽいことも考えてみたけれど、このお店はどう考えても採算を取るために開かれていない。すると、少し考えるように首を傾《かし》げて淑子さんは答えた。

「それは……、そうね。知っていたわ。あのね、奈津さん。このお店の看板にはわたしの魔法がかけてあるの。もし、誰にも助けを求められずに困ってる人がいたら、魔女《わたし》のところに来るようにって」

「魔法……？」

「そう。あの黒猫《こ》は今でもわたしの優秀な相棒よ。あの子が寝床にしてる月は、見る人によって形が変わる、いわばその人の心を映す鏡のようなものなの。幸せな人が見たら満ちて、辛《つら》い思いをしている人が見たら欠けて見えるわ。あなたは初めて会った時、三日月といったわね。三日月は、とても悲しんでいるあなたの心を映した姿なのよ。だから、奈津さんはきっと困ってるんじゃないかって思ったの」

本物の月の満ち欠けとはちょっと違う意味合いなんだけどね。淑子さんは、そう言って笑った。その不思議な話に、あたしは目を瞬いてしまった。これは手品ショーの続きなんだろうか？　どこか浮世離れした淑子さんは、名前の通りお淑《しと》やかで、まるで幼い少女のまま年を取ったような人だ。淑子さんは、あの少し掠《かす》れた温かい声で続けた。

「だから本当に、あれからあなたのことが心配で、悩みを打ち明けてくれるのを待ってたのよ。この黒猫屋で、ずっと」

「……本当に、話してもいいんですか？　つまらない話でも？」

騙《だま》されてるとしても、いい。ふとそう思った。騙されたって、気休めだって、あの綾さんは魔法を確かにかけてもらったし、あたしもそんなものが本当にあるならあやかりたい。

すると、淑子さんは、笑って頷《うなず》いた。

「わたしだって面白い話なんてできないわ。ただお喋《しゃべ》りするのに、面白いかどうかなんて考えないで」

「でも、あの……。いろいろあったんですけど、なにから話していいか……」

というか、話すべきなのかどうかすらまだ迷っている。ただでさえあたしは鈍《どん》くさいんだから、気の遣《つか》い方にも気を遣わないとならなくて……。だから、どうすればいいんだろう。とことん、ダメな自分《ヤツ》。またあたしが自分を責め始めたその時、淑子さんがこう言った。

「いいのよ、奈津さん。ゆっくりでいいの。人生は長いんだもの、焦らないで」

「淑子さん……」

淑子さんに見つめられて、いつまでも黙っているのも申し訳なく感じてくる。あたしは重い口を開いた。

「ごめんなさい……。あたし、ずっと……、仕事でうまくいってなくて……」

なにを言おう。迷いながら出てきた最初の言葉が、それだった。生きるためには、働かなくちゃならない。仕事は、人生の基盤だ。社会人なら誰もがみんな働いている。その仕事がうまくできない自分が、人間として欠陥品な気がして、ずっと辛《つら》かった。

「……きっと、今の仕事向いてないんです。新卒で就職した会社から逃げて、このままじゃダメだって思ってなんとか頑張ろうとしたんですけど、空《から》まわるばかりでなんにもなりませんでした」

怒られてばかりなこと、森川先輩に避けられてること、悪口を言われてそれを聞いてしまったこと、……トイレに行くといつも涙が止まらないこと。今までに職場であった出来事を洗いざらい話してしまった。話し続けるうちに、ずっと、の意味が何重にも重なっていった。そうだ。うまくいかなかったのは仕事だけじゃない。家族との関係だって学校だって、全部うまくいかなかった。うまくいったことなんてひとつもなかった。小さい頃から、ずっと。

「こんな話を急にされても困りますよね。あたしってなにやってもダメなんですよね、鈍くさいから……」

なんてフォローのしにくい話をしてるんだろう。自虐《じぎゃく》ネタにして笑おうとして、見事に失敗した。笑顔の代わりに出てきたのは——涙だった。ずっと胸の奥深くに凝《こ》り固まっていたものが溶けて、ぽたぽたと涙になって零《こぼ》れ落ちた。泣き始めてしまったあたしの顔を、淑子さんが心配そうに覗《のぞ》き込んだ。

「奈津さん……」

「ごめんなさい。なんでかな。いろいろ思い出してたら、急に泣けてきちゃって……」

苦しい言い訳をして、あたしは手で涙を拭《ぬぐ》った。他の人が普通にやってることを、どうしてあたしは努力してもできないんだろう。自分が情けなかった。嗚咽《おえつ》で内容のあることをなにも話せなくなってしまったあたしの背を、ふいに、淑子さんの優しい手がトントンと撫《な》でた。

「それじゃ、きっとあなたは泣きたかったのね。いいのよ、泣きたい時は好きなだけ泣いて。人間の体はよくできてるのよ。不必要なものは自分の力でちゃんと外に出せるの。我慢しちゃダメ。涙が体に溜まって変になっちゃうわ」

淑子さんの温かな声が胸に染みて、次から次へと涙が落ちた。情けないと思いながらも、ひとつ話し始めたら、心の真ん中で凝り固まってたものが涙と一緒に溶け出して、止まらなくなった。淑子さんに、……魔女の魔法に助けて欲しかった。だから、涙を払ってあたしは淑子さんを見た。

「淑子さん。……あたしがどうすればいいか、教えてくれませんか？　綾さんみたいに、淑子さんの魔法をあたしにも分けてほしいんです。あの時の占い、すごく当たってたから

「……」

「え？」

首を傾げて淑子さんはあたしを見ている。

「すみません、こんな図々《ずうずう》しいことを頼んで。やっぱりこんなお願いはダメですか？」

「ダメではないけど……。嫌ね、わたしも歳《とし》を取ったのかしら。あなたには、もっと別のことを訊かれると思ったんだけど」

困ったように眉間《みけん》に皺《しわ》を寄せて笑い、淑子さんはなんとなく言葉を濁《にご》した。

「いえ、いいんです。変なこと言ってごめんなさい」

首を振ってまた涙を払いながらも、あたしはがっかりしていた。魔法を分けてもらうためにここへ来たのに。すると、淑子さんはこう言った。

「違うのよ、困ってる人のお願いを無下《むげ》にするのは、魔女の本分じゃないわ。ただね、魔法っていうのは、雨が降っている日に傘を差すようなものなのよ。決して万能じゃないし、悪いことすべてをなくせるわけでもないの。でも……いいわ、やってみましょう」

遠慮《えんりょ》しようかと迷っていると、淑子さんがすっと立ち上がった。そして、キッチンへ続く扉のそばにある、商品ではないものが並んでいるガラスのショーケースの前に立った。

ガラスケースの中には、いつか見たモノクロの家族写真に古めかしい猫用の玩具《おもちゃ》、海外の硬貨などが綺麗《きれい》に並べられていた。よく見ると、家族写真の真ん中で笑う小さな女の子の胸には、黒猫が抱かれていた。その中から、淑子さんはトランプのようなものを手に取って戻ってきた。

「これはね、亡くなった主人の形見《かたみ》なのよ。主人は旅行が好きだったの。旅先で、よくこんなものを買ってきたわ。中でもこのタロットカードはお気に入りだったの。得意になって家族にもよく占いを披露《ひろう》していたものよ」

「えっ……、そんなに大事なものを？」

「いいのよ。道具もたまには使ってやらないと、機嫌を損《そこ》ねちゃうから」

淑子さんはテーブルに無地のクロスを広げた。そして、目を伏せて静かにカードをシャッフルし始めた。カードの擦《こす》れ合う音が、静かに響く。

「――紅茶占いでもタロットカードでも本質は同じ。大事なのは偶然性と読み解く力であって、使う道具は媒介《ばいかい》にすぎないの。展開方法《スプレッド》は、そうね……一番有名なのはケルティッククロスだけど、今回はシンプルに、ワンオラクルがいいかしら」

丁寧《ていねい》にタロットカードをシャッフルしていた手を止めると、淑子さんはそっとカードを一枚引いた。緊張で、胸が高鳴った。本当かどうかなんて確信はないけど、自称でもなんでも、この人は魔女なのだ。とても暗い未来が予言されてしまったらどうしよう。それに、こうも思った。淑子さんに占いをしてもらうことで、本当に今度こそあたしの人生はうまくいくんだろうか？　なんだか、急に怖くなってきた。

待ってください、と声を上げようとしたその時だった。キッチンで淑子さんが火にかけた薬缶《やかん》が、ピーッと音を立てた。あたしと淑子さんは、目を見合わせた。

「あっ……」

「お湯が沸いたわね」

淑子さんは立ち上がって、こう言った。

「占いの結果を見る前に、まずお茶を淹《い》れましょうか」

「今日のブレンドは、ハニーサックルがメインよ。知ってるかしら？　和名は忍冬《すいかずら》というの。厳しい冬を耐え忍ぶ姿からこの名前がついたそうよ」

「忍冬？」

名前を聞いたことはあるが、ハーブティーとして飲むとは知らなかった。厳しい冬を耐え忍ぶ……、忍冬は、いったいどんな姿をしているんだろう。

「忍冬はね、家のそばに生えていると幸運に恵まれると言われているし、ハーブティーとして飲めば嬉しい効果がいっぱいあるわ。それに、このハニーサックルにはわたしの魔法を特別にかけてあるの」

　あたしが思わず首を傾《かし》げると、淑子さんはにこにこしたまま続けた。

「一緒に、ネトルも加えてみたわ。今日は火曜日でしょう？　火曜日は、今まで苦戦してきたことや、避けてきたことに挑戦するのにとても適した日と言われているの。だからね、奈津さんが今日この黒猫屋に来てくれたのは、偶然じゃないと思うのよ。ネトルは火曜日の守護を受けているハーブだから、きっとハニーサックルの力をさらに強めてくれるわ。それにね、ネトルにはヒーリングの効果もあるの。このハーブティーは、傷ついた心を癒《いや》して、新しく生まれ変わるチャンスを与えてくれるはずよ。温かい飲み物を飲むと、お腹から温まるでしょう。お腹が温まれば、不思議と心も温かくなるものよ」

　淑子さんがあらかじめ温めていた透明なポットの中に熱湯を注ぐと、乾燥した葉が湯を吸ってふんわりと開いていった。思わず空《から》のティーカップに手を伸ばして待ち構えると、淑子さんがこう言った。

「待って、焦っちゃダメ。ハーブティーにも飲み頃があるのよ。一番美味《おい》しい時に飲まなくちゃ」

　リーフを蒸らす時間を楽しむように、淑子さんはそっと目を伏せた。また沈黙が流れて、伏せられたままのタロットカードに目が引き寄せられる。そわそわしていると、ふと淑子さんが呟《つぶや》いた。

「……奈津さん。わたしの話をしていいかしら」

「はい」

タロットカードから無理やり目を離して、あたしは頷いた。淑子さんは続けた。

「あのね、奈津さん。わたしね、子供の頃はいろんなものの声が聴こえたの。風の声、雨の声、家具の声、それから飼っていた黒い猫の声……。でも、歳を取るうちにその力は消えてしまったわ。すごく悲しかったし、自分のなにが悪かったんだろうって何度も考えたわ。心が汚れてしまったのかとか、本当は最初からそんな声聴こえていなかったんじゃないかとか、自分を否定して、自分で自分の首を絞《し》めているみたいな暮らしだった。それからも、なにかうまくいかないことがある度《たび》に、声を聴く力を失くしてしまった原因がずっと尾を引いてるんじゃないかって思って……でも、違うのよね。中心にいるのが自分だからすべて繋がってるように感じるけど、悪いことが起きてもひとつひとつの原因は必ずしも同じじゃないわ。だから、真ん中にいる自分を否定するんじゃなくて、分解して考えなくちゃいけないのよね」

魔法の呪文みたいに、淑子さんの声が耳に流れた。

「辛《つら》いことはいっぱいあったけれど、まだ子供だったあの時が一番泣いたわ。理想の自分からどんどんかけ離れていく気がして……でも今は、自分を責めるのはやめて、これでよかったんだと思うようにしてるの。だって、精いっぱいやってきたんだもの」

精いっぱいと聞いて、あたしは思った。精いっぱい、やってきたとは思う。でも、なにかが引っかかる。

「さあ、そろそろいいわね。召し上がれ」

ティーカップに透き通ったハーブティーが注がれると、干草のような優しい香りが黒猫屋に満ちた。すぐにティーカップに熱が伝わり、冷え切っていた手の先をじんわりと温めた。そっとティーカップに口をつけてみると、あたしは目を瞬いた。さっぱりとした柔らかな味わいに、体の芯から温まってくる。ハーブティーを飲んだことはあったけれど、こんなに丁寧に時間をかけて味わうのは初めてだった。いや、違う。こんなに『時間』を丁寧に味わうのが初めてなんだ。泣きまくってぽかんと穴が開いたままの空っぽの胸に、熱い呼気が心地よく満ちるのを静かに感じた。堪《たま》らずに、あたしは深いため息をこぼした。

「はぁ……」

もっと深くこの時間を味わいたくて、あたしは目を閉じた。すると、その途端、瞼《まぶた》の裏がぱっと明るくなった。

「……？」

あれ？　と思って目を開けてみて、あたしはびっくりした。そこは、あの眩暈《めまい》がするようなライトに照らされた百貨店の一階フロア——『ソルシエール』の売り場だった。あたしは一人、そわそわしながら売り場を眺めている。初めて『ソルシエール』の販売へ異動になると知った時、どんなところなんだろうと思って見に来たのだ。経理部にいた頃は、『ソルシエール』の化粧品《けしょうひん》を自分の会社が扱っている商品としか思っていなかった。でも、それに触れる売り場に配属されるのだから、化粧のことをもっとよく勉強して、自分もお客様も綺麗にできるようになろう。生まれ変わったつもりで頑張ろう。そう思ったんだった。だからその日は、売り場をこっそり見に行って、家に帰ったあとは研修用のテキストを何度も読み込んだ。いつの間にか、目の前には、家で勉強しているあたしがいた。受験の時よりも真剣だったかもしれない。新しい環境が怖くもあったけれど、綺麗になれるかもしれないと思うと嬉しかったのだ。あたしのその横顔は——確かに笑っていた。

　なのに、時間が経ってみればそんな気持ちはすっかり忘れて、『ソルシエール』の化粧品やお客様のことなんかどこかにいっていた。辛い、傷ついた、馴染《なじ》めない、向いてない。そんなことばっかりで……。

　ハーブの香りに包まれたままもう一度目を閉じ、再び目を開けて前を見ると、そこにはやっぱり淑子さんがいた。

「あ……」

白昼夢《はくちゅうむ》を見ていたんだろうか？　実際には目を閉じて開けただけのような短い時間に、不思議な光景を見てしまった。淑子さんは、微笑《ほほえ》んでいた。

「ハニーサックルというハーブはね、過去に囚《とら》われず、今を生きるための力を与えてくれると言われてるの。わたしの魔法はいつもシンプルよ。すべてのものが元来持つ力を、少しだけ強くしてあげることができるの。奈津さんにも効くといいんだけど……」

魔女は、優しくあたしを見つめている。異動してからの日々が、脳裏《のうり》に蘇《よみがえ》った。自分をまた責めそうになるけど、あたしは首を振った。きっと、出来もしない理想の自分を作り上げて、その型に嵌《は》まれない自分を責めていたんだ。誰かを綺麗にする仕事なのに、あたしの目にはあたししか映っていなかった。気がつけば空っぽになったはずの胸から、さっきよりも熱い涙がどんどん溢《あふ》れてきた。

「どうしたの？　奈津さん」

「……いえ、違うんです。ただ……」

精いっぱい、やってきた。それは言える。でも、あたしはやっぱり、自分で自分の首を絞めていたんだと思う。

「自分のことばかりになっちゃってるんだから、うまくやれないのなんて当然ですよね……」

目にハンカチを当てると、ラベンダーの香りが涙をゆっくりと吸い取っていった。

ふいに、壁の柱時計が鐘を鳴らす。もう六時だ。古い鐘の音が六回響くうちに、あたしにとっての新しい時間が訪れたことを知った。ぎゅっと瞼を閉じて最後の涙を振り落としてからもう一度目を開けてみると、本当に景色が違っている気がした。森の中の小さな魔女の家、それが黒猫屋だ。たくさん泣いたあとで少し冷めたハーブティーを飲んでみると、さっきとは違う味がした。

「ハーブティーはホットもアイスも美味しいけれど、適温とは限らなくても一番味がわかるのは常温よね。熱すぎたり冷たすぎたりしたら飲む方が慌ててしまうこともあるし、本当の味にも気づきにくくなるから」

「そう……ですね。本当に」

あたしは、ハーブティーをさっきよりも大事に味わった。熱さにも冷たさにも急《せ》かされないその味は、まるで淑子さん自身のようだった。いつの間にか涙は止まって、ふと淑子さんと目が合うと、自然に二人で笑い合ってしまった。号泣した挙句《あげく》にくだらないお願いまでしてしまったことが今更恥ずかしくなって、あたしはこう言った。

「淑子さんの魔法、とっても美味しいです。ありがとう、淑子さん」

「それじゃあ、そろそろ分解してみましょうか。奈津さん」

「え？」

少し落ち着いたあとでふいに言われ、あたしはきょとんとした。すると、淑子さんはあたしに強く頷《うなず》きかけてきた。

「さっきの話の続きよ。言ったでしょう？　問題はそれぞれ分けて考えなくてはダメ。ハニーサックルの魔法が効いているうちに、過去を紐解《ひもと》いて、仕事がこじれてしまったきっかけを考えてみましょう」

それはだから、あたしがトロいから、と答えかけて、首を傾《かし》げた。ありがたいことに、新卒で入った前回の職場と違って、今の会社で経理部にいた時には、あたしを気にかけてくれる人がいた。そして、異動先の売り場にも。——森川先輩だ。

さっき話した、辛い気持ちを感情的に打ち明けるのとは違う。今まで職場で起きた出来事を、あたしは今度はきちんと順を追って説明した。

「……それで、退職する先輩のことをあたしが泣かせたって、他の同僚が噂《うわさ》してるのを聞いてしまって。先輩にはお世話になってたし感謝もしてるから、泣かせるようなことをした覚えはないので、最初は嘘の噂を流されてしまったのかなと思ったんですけど」

「うん？」

淑子さんの相槌《あいづち》に促されて、あたしはゆっくりと考えていることを言葉にした。

「でも、やっぱりそれは違うと思うんです。今から考えれば、そういう意見ももっともで……。自分では気づいてなかったけど、あたし、やる気もなかったし職場をどんよりさせるばっかりのダメ社員でした。その同僚は真剣に仕事をしてるからこそ、あたしみたいなのが許せなかったんだと思うんです」

支離滅裂《しりめつれつ》でもいい、思っていることをそのまま言おう。そう思って出た言葉が、自分でも意外だった。あたしは、浅木さんのことをそんな風に思っていたんだ。なんだか不思議だ。淑子さんはただ相槌を打ってくれているだけなのに、視界がぱっと開けて、本当はたぶん自分が一番よくわかっていた、自分に対する他人の客観的な意見を口にしているみたいだった。

「それに、退職する先輩は、あたしがあげたプレゼントをその同僚の子にあげてたんです。先輩はあたしにも優しくしてくれたし、公平な人だから、もしその子が本当に嫌な子なら、そういうことはしないと思うんです」

森川先輩はあたしのことも気にかけてくれていたけど、むしろ付き合いが長い浅木さんとの方が仲がいい。だからきっと、森川先輩が泣いていたのを知って浅木さんは怒ったのだ。それに、森川先輩があたしを避けていたというのも本当かもしれない。森川先輩は、あたしがシフトにどう入っているかをよく知っているようだった。でも、いったいどうして……。

「あと、もちろんですけど、森川先輩も嘘をつくような方じゃないです」

「ふむ」

淑子さんは、澄ました顔でハーブティーを飲んでいる。

「もしかして、もう答えは出てるんですか？　淑子さん」

「言ったでしょう？　問題を解く鍵《ヒント》は生活の中にあるんですよ」

そう言うと、淑子さんは悪戯《いたずら》っぽくウィンクした。あたしはまた考えてみたけれど、堂々巡りをするだけでちっとも糸口がつかめない。

「やっぱりあたしにはわかりません。賢い女性にはまだまだ程遠いみたいです」

「そんなことないわ。奈津さん、あなたは自分で思うよりずっといい線いってるわよ。でも、そうね。本当にちょっとした誤解だったんだと思うわ。ねえ、奈津さんに質問があるんだけれど。その先輩とは、よくトイレで会うって言ってたわねえ」

「はい。仕事でミスした時に、トイレにこもってたんです。お恥ずかしながら」

「その先輩もそうだったのかしら」

「いえ、そんなことは……。先輩はあたしと違って仕事ができますから」

「それじゃ、どこか体調が悪そうだったんじゃない？」

「あ……、そういえば……」

あたしは、森川先輩の様子を思い出した。言われてみれば、明るい店舗《てんぽ》フロアでは気にならなかったけれど、トイレで会う時は体調が悪そうだった気がする。この間、この黒猫屋からの帰り道に会った時もそうだった。

「そう、やっぱり。その先輩が退職する理由だけど、誰かと結婚するからだったんじゃないかしら」

「あ、そうです。今度、会社の方と結婚されるんです」

「そして、あなたがプレゼントに選んだお茶のリーフは、ハーブだったのね？　種類はそうね。カモミール、ローズマリー、レモングラス、セージ、ラズベリーリーフ……あたりかしらね」

淑子さんの指摘に、あたしは思わず目を丸くした。

「なんでわかるんですか？　あたし、カモミールとレモングラスのリーフのセットをプレゼントしたんです。ハーブティーの専門店で店員さんに女性にお勧めのお茶を訊いて選んで……。先輩は有休消化に入るって聞いてたから、いつ会えるかわからないかもと思ってすぐに渡したんです」

　すると、淑子さんはティーカップをソーサーに置いた。

「たぶん、その先輩には公《おおやけ》になってない秘密があるのね。彼女は職場のみんながもう知ってると思ってるけど、奈津さんだけは知らなかった秘密が」

「みんなが知ってる、公になってない秘密……?」

　相反する表現に首を傾げてから、あたしはあっと声を上げた。

「もしかして……、妊娠《にんしん》なさってる、とか?」

　どきりとして、あたしは姉が一人目の子供を妊娠していた時のことを思い出した。

「あたし、姉がいるんですけど、上の子を妊娠してる時はまだ勤めてて、悪阻《つわり》がきつかったらしくて、よくトイレに駆け込んでるっていってました」

「ええ。公に報告するほど週数は進んでないけれど、何人かには打ち明けてある……彼女は、それとなくみんなに広まるようにお願いしてたんじゃないかしら。そして、きっとそのことが、異動してきたばかりの奈津さんにはうまく伝わらなかったんじゃないかと思うわ」

　その言葉を聞いて、あたしははっとした。ということは、森川先輩と前島さんはいわゆる授かり婚だったんだ。なら、公になるのが遅いのも頷ける。それに、ただでさえシフトの人数不足なあたしの職場では、有休を消化しにくい空気がある。新入りのあたしばかりでなく、森川先輩も以前はあまり有休を使っていなかった。有休消化をし始めると聞いて、あれ？　と思ってはいたのだ。

「奈津さんはその先輩が妊娠してることを知らずに、妊娠中は避けた方がいいと言われているハーブティーを贈ってしまったのね」

「えっ、じゃあ……」

「さっき挙げたハーブティーは、女性に嬉しい効能がたくさんあるけど、妊娠中、特に悪阻が酷《ひど》く出ることが多い初期には避けた方がいいと言われているの」

「そういえば、聞いたことがあります。妊娠中にハーブを使う場合は、お医者さんに相談した方がいいって」

「その先輩は、奈津さんに悪意があったんじゃないかって思っちゃったのね。妊娠中って浮き沈みが激しくて、些細《ささい》なことをすごく悪い方に捉えてしまうものなのよ。彼女も、奈津さんに真意を訊きたくても勇気が出なかったんじゃないかしら」

「……」

　陰口の内容には、あたしが森川先輩と結婚する前島さんに気があるというものもあった。もしかすると、森川先輩もその噂を聞いていたのかもしれない。それに、この間黒猫屋の帰り道に会った時に口にした前島さんとの待ち合わせを、『変な話』と言っていた。あの時はどういう意味かわからなかったけど、今考えてみればそういうことだったのだろう。きっと。ふいにすべてに納得がいってしまった。

「そんなつもりなかったのに……、どうしよう」

あたしは、目の前が暗くなる思いでそう呟《つぶや》いた。道理で、突然森川先輩の態度がおかしくなったわけだ。今までだったら、自分が悪く思われていることばかりに気がいっていた。けれど、今は森川先輩の気持ちが心配だった。

「あたし、先輩と話してみます。お世話になったたし、誤解を解くだけじゃなくて嫌な思いをさせたことをちゃんと謝りたいから……」

一度目を伏せてから、あたしは丁寧《ていねい》にお礼を言った。

「だから、頑張ります。相談に乗ってくれてありがとうございます」

淑子さんは、笑ってあたしの決意を応援してくれた。

ティーセットを洗い終わって片付けると、食器棚《だな》のガラス戸に自分の顔が映って見えた。涙で化粧《けしよう》が落ちてドロドロになって、さらにそれが乾いてかぴかぴしていた。急に恥ずかしくなって、あたしは顔を押さえた。淑子さんに奥の洗面台を借りて鏡の前に立って、あたしは自分の顔をまじまじと見つめた。職場のトイレで見る時と同じ、真っ赤な目と鼻の酷い顔だった。自信のなさから色使いが地味になった、短所を隠すための悲しい化粧。最初の気持ちを忘れて、自分が辛《つら》いことにばかり気を取られた顔――。

「これじゃ、怒られるはずだわ……」

未熟でも美容部員としてポーチにはメイク落としや基礎化粧品のミニボトルも入れている。丁寧に化粧を落として洗顔してから、両手を揉《も》み合わせて素顔になった自分の肌にそっと触った。マッサージをして肌を温めて血流がよくなると、それだけで頬が上気したように赤くなって肌がワントーン明るくなった。頬を持ち上げてみると、まるで笑っているように見える。自分の手に引っ張られてるのが滑稽《こっけい》だけど、それでも、笑顔は笑顔だ。

「誰だって魔女になれるし、魔法そのものにだってなれるの……」

ふと、淑子さんの言葉が思い浮かんだ。化粧は魔法だ。美容部員としての研修を受けてプロの化粧を施《ほどこ》してもらった時、確かそう思ったんだった。『ソルシエール』は、フランス語で『魔女』を意味する。だから、『魔女の魔法あります』という但《ただ》し書きにも心を惹《ひ》かれたのだ。淑子さんの言葉を反芻《はんすう》しながら、あたしは丁寧に肌作りをした。それからアイメイクを施し、チークを入れて口紅を差すと、毛穴が消えて滑らかになった肌に血が通った。今度は手で引っ張り上げなくても、自分が自然と微笑《ほほえ》んでいるように見えた。

久しぶりに時間をかけて満足いく出来栄《ば》えの化粧ができたと思ったその時だった。ふいに、黒猫屋の入り口が開いて来店を告げるベルの音が響いた。

「淑子さん、お邪魔しまぁす。……あれ、いないのかな」

お客さんだ。慌ててポーチに化粧品をしまってキッチンに戻って、あたしは淑子さんに声をかけた。

「淑子さん、お待たせしました！」

「奈津さん……まあ、素敵なお化粧ね」

「あっ……」

思わず恥ずかしくなって顔を押さえると、淑子さんは微笑んでくれた。

「いいわ、すごく綺麗《きれい》。さっきまでとは別人みたいよ」

「ありがとうございます。なんだか恥ずかしいですけど」

それでも淑子さんの言葉が素直に嬉しくて、顔が勝手に綻《ほころ》ぶ。

「長居してしまってごめんなさい。お客様がいらっしゃったみたいですね」

あたしがそう言うと、淑子さんは首を傾《かし》げた。

「あら、来たのは智子さんよ。今夜はイースターだから、これからこの黒猫屋でお祝いするのよ」

「え……、あっ」

前回この黒猫屋に来た時に、確かに今日だと黒板に書かれていた。祝日じゃないからすっかり頭から抜け落ちていた。

「偶然イースターの夜にこのお店に来るなんて、奈津さんにはきっと魔女の才能があるのね」

「え？」

淑子さんの言葉に、あたしは思わずどきりとした。それは、本当だろうか。すると、智子さんがあたしたちのいるキッチンの方へひょこっと顔を出してきた。そして、目を丸くする。

「こんばんは！　ああ、奈津さんも来てたのね……あれ？　前と雰囲気《ふんいき》違うね。なんだか華やかになったみたい。今夜もしかしてデートでもあるの？」

「いえ、そういうんじゃないんですけど……」

智子さんに首を振りながらも、あたしは自分の心が浮き立つのを感じた。化粧は、女性の外見だけじゃなく心も引き立てる、素晴らしいものなのだと思った。それはたぶん、美容部員となってから、初めて感じたことだった。

すぐに綾さんたちも現れて、イースターのお祝いの準備が始まった。カラフルなバルーンで店の内外を飾り、淑子さんが手作りしてくれた針金製の鳥かごの中にプラスチックの卵を重ねる。イースターバニーの他にニワトリのぬいぐるみを卵と一緒に置くと、まるで童話の世界にいるみたいに思えた。協力してカラーペイントしたプラスチックの卵でガーランドを作っていると、ふと智子さんがこう訊いてきた。

「どう？　奈津さん。魔女のお茶会に参加してみる気になった？」

「あ、ええと……」

「奈津さん、この間はなんだか元気がない感じがしたから心配だったのよ。あたしもほら、黒猫屋の看板を見てこのお店を知ったクチだからさ」

「えっ？」

それじゃ、智子さんもあの三日月を見たんだろうか？　あたしが目を丸くしていると、それには答えずに、智子さんはこう言った。

「不思議だよねえ、淑子さんって。聞いた？　あの看板に惹《ひ》かれてこの黒猫屋に来るのは、淑子さんが助けることができる人だけなんですって。だからなのかな、淑子さんといるとなぜか自信が湧いてくるのよね」

あたしは目を瞬いた。確かに淑子さんは、最初からまっすぐにあたしの迷った心を見ていてくれた気がした。不思議なことばかりだけれど、淑子さんはいったいどんな人なんだろう？　いつか、知ることはできるんだろうか。

そう思っていると、ちょうど淑子さんが白と黒の卵を運んできてくれた。

「さあ、卵のお菓子が来ましたよ～」

「わあ、待ってました！　ありがとう、淑子さん」

黒い卵はエッグチョコレートだ。小さな風船を湯煎《ゆせん》で溶かしたチョコレートでコーティングし、中の風船を抜いたあとに、さらに小さなクッキーが隠してある。真っ白な卵の方は、中身を抜いて生地を絞《しぼ》り袋で注入して焼いたケーキが仕込まれていて、ゆで卵と思って殻《から》を剥《む》いてみてびっくりしてしまった。それからもちろん、卵のお菓子の代表格のカスタードプリンも用意してある。さらには、魔女のお茶会参加者のお持たせもダイニングテーブルに並んだ。

イースターの夜は、騒がしく始まった。

後片付けを終えてみんなに交じって帰り支度《じたく》をしていると、淑子さんがやってきてあたしの袖《そで》をちょいちょいと引いた。

「奈津さん、待って。まだ占いの結果を教えてなかったわ。どうする？」

あたしは、淑子さんの含み笑いを見た。

「もういいんです。淑子さん、無理を言ってお願いしたのにごめんなさい。でも、もうあたしに占いは必要ありません」

どんな結果が出ようと、できるところまで頑張ってみようと決めたから。

「占いは、自分の気に入る結果が出た時だけ信じるものですもんね。きっとあのカードは、あたしの選択を後押ししてくれるものに違いないから……、だから、見なくてもいいんです」

淑子さんの言葉を借りてそう言うと、まるでわかっていたかのように淑子さんは微笑んだ。

「そう。わかったわ。あなたを応援してるわ、奈津さん。頑張ってね。わたしはいつでもこの黒猫屋で待っているから」

「はい！　ありがとうございます、淑子さん」

「いいのよ。もしどうしてもダメなら言って。特別に、相手の方の心を溶かす魔法を分けてあげるわ」

魔女はそう言って、悪戯《いたずら》っぽくウィンクした。一瞬『それ今お願いします』と言いかけて、あたしはぐっと我慢した。ダメダメ。まずは自分の力でチャレンジしてからだ。

　雨はもう上がっていた。外は真っ暗だったけれど、どこかで猫が一匹鳴いている声が聞こえて、不思議と明るい夜に感じた。明日からは、夜よりも昼の時間が長くなる。温かい日の当たるような出来事がきっとあるはずだ——そう思って、あたしは黒猫屋を出た。


　百貨店の一階、コスメフロアに立って、あたしは淑子さんの魔法を思い出すようにきつく一度目を閉じた。そして心を固めて目を開けてみると、そこはやっぱりキラキラとして綺麗だった。でも、決して誰もが笑顔なわけじゃない。疲れた顔の人、どこかぼんやりとしてる人、それから、あたしみたいにコスメカウンターの華やかさに緊張してハラハラしている人……。そんなことにも気づかなかったのは、自分しか見ていなかった証拠だ。誰しも落ち込めば、そうなってしまう時もあると思う。けど、それはお客様には関係ないことだ。なら、もっといろいろやってみよう。この仕事が向いているかどうか判断するのは、それからでいい。

「おはようございます！　浅木さん！　今日も一日よろしくお願いしますっ！」

　売り場に響くような声で挨拶《あいさつ》をすると、早番だった浅木さんは面食らったような顔になった。浅木さんの反応は気にしないで、あたしは自分の仕事を始めた。まずは在庫補充と掃除《そうじ》。悪いことをしてるわけじゃないんだから、びくびくする必要なんかない。図太くやってやる。それから、森川先輩には手紙を書いて渡すことにした。ちゃんと伝わるかはわからないけれど、それでもやっぱり感謝してるから謝りたかった。……それに、いざとなれば淑子さんの魔法もある。

あたしは化粧《けしよう》をした顔に笑みを浮かべて売り場に立った。すると、微笑みを口元に貼りつけたような顔の浅木さんが横に並んできた。また怒られるのかと構えて、あたしは浅木さんを見た。

「あの、浅木さん、どうかしました？」

「……いや、持藤さん、今日の化粧は久しぶりにいいですね、と思いましてね……あ、誉《ほ》めてるんじゃないですから。それ、美容部員として普通のことですから！」

「……」

あたしは、呆気《あっけ》に取られて浅木さんを見つめた。浅木さんはすぐにぷいっとそっぽを向いて、お客様のタッチアップに向かってしまった。あたしに見せたのとは違う、弾けるような魅力的な笑顔で。以前はその裏表が怖いと思っていたものだけど……、いや、負けてられない。やっと思い出した『綺麗になることは嬉しい』という魔法を売るために、あたしは、新作のアイシャドウを見ているお客様に声をかけた。

「それ、とっても素敵な色ですよ。わたしも今日使ってるんです。もしよかったら、お試しください！」


――あれから、一ヶ月ほどがすぎた。でも、そんなに時間が経ったなんて信じられないくらいに、毎日がめまぐるしい。どういうご縁か、あの時声をかけたお客様が常連になってくれて、こうしてあたしを指名して『ソルシエール』に通ってきてくれている。あたしは、淑子さんが思い出させてくれた魔法を自分の手で丁寧《ていねい》にお客様に施《ほどこ》した。

「いかがですか？　やっぱりとってもお似合いですよ。素敵です」

お客様に、お世辞《せじ》やセールストークじゃなくて本心からそう言えるこの瞬間がなにより嬉しかった。お客様を綺麗にするこの魔法をこれからも大事にしようと思いながら、あたしは常連のお客様の笑顔を見つめた。

「もしよければチークやリップも試してみますか？　実は、お客様に似合うカラーをずっと考えていて……」

第三話

水曜日のおまじない

―花を食べる―

黒猫屋《くろねこや》には、いつも季節の花が飾られている。

すっかり気温が高くなってきた今の季節に咲いているのは、芝桜《しばざくら》だ。名前の通り、桜に似たささやかなサイズの花がこんもりと集まって、とても繊細《せんさい》で愛らしい。色は、紫に近い濃いピンク色だ。ああ、なんて素敵な色。花って、こんなに綺麗《きれい》だったんだ。そんなことを思って、柔らかく優しい芝桜の色合いにぼんやりと浸っていると、ふいに肩を叩かれた。

「ねえ、咲羽子《さわこ》ちゃんはどう思う?」

「えっ?」

完全にふいを衝《つ》かれて、あたしは目を丸くした。なんだか気恥ずかしくなって、急いでこう訊き返す。

「あっ、ごめんなさい。なんの話だったたっけ?」

「いつもしっかりしてる咲羽子さんがボーっとしてるなんて、なんだか珍しいですね。このところの陽気のせいですかねえ」

吉井綾《よしいあや》さんがそう言って微笑《ほほえ》んだ。その拍子に、長く伸ばした黒髪が綾さんの白い顔にかかる。

そうだった。今は、綾さんの話をしてたんだった。最近の綾さんの笑顔は、ほんのり丸い。彼女は近頃結婚が決まったのだ。これが、幸せオーラか。あたしが彼女と同じ二十四歳の時は、目の前の仕事に精いっぱいで、結婚なんて考えたこともなかったけどなあ。そういう時代なのかな。

この時代っていうよくわかんない奴は、その中にいるあたしたちが驚くくらいにコロコロ言ってることが変わる。それも、突然正反対のことを言い出すんだから、本当に困りもので……でも、そんなことが見えるようになってしまった自分にもびっくりだった。あたしという人間は、あたしが思うよりも長く生きてきたみたいだ。まあ、もう三十一歳になったんだから、世間的にはいい歳《とし》か。

どこか他人事《ひとごと》みたいにそう思ってると、隣に座っていた魔女のお茶会一お喋《しゃべ》りな笹澤智《ささざわとも》子《こ》さんが、ペラペラとこう言った。

「だからさ、咲羽子ちゃん。綾さんの彼の話だってば。せっかく結婚決まったのに、大変なのよ。彼の母親がしゃしゃり出てきてるらしいのよ」

智子さんは魔女のお茶会参加者でも最年長で、彼女だけは、あたしのことを咲羽子ちゃんと呼ぶ。年齢が一番近いし、智子さんと二人で淑子《としこ》さんにせがんでこの黒猫屋で魔女のお茶会を開くようになった時からの流れだ。

智子さんの話を受けて、綾さんが大げさに顔をしかめて唇を尖らせた。

「すっごい見栄っ張りなお義母《かあ》さんなんですよ。あたしたち、貯金なんか全然ないのに気張って派手な結婚式にしようと一人で張り切ってて。ほら、ホテルとかでやってるブライダルフェアって、安くコースが食べれたりするでしょ？　だから、デート代も節約できるし、お得だなと思ってフェア巡りしてたんですけど、この頃はお義母さんまで付いてくるようになっちゃって」

「そうなんだ……。……素敵だねえ」

つい羨《うらや》ましくなって、あたしはそう呟《つぶや》いた。

知らなかった。結婚式って、なにをするにもお金がかかるイメージしかなかったから、お得なフェアがあるなんて意外だった。それに、義理母問題も。まるで遠い世界の話みたいに感じて、興味本位であたしは綾さんに訊いてみた。

「どこのブライダルフェアに行ったの？　ホテルのコースなら、予約も必要だよね。それに、きっとドレスコードとかもちゃんとしてるよね……」

義母はまあともかくとして、女はワンピースにパンプス？　それなら、男はやっぱりネクタイを締めたスーツだろうか。でも、スーツなんて、ちっともイメージが湧かない。あの男には――。

「咲羽子ちゃんもブライダルフェアとか興味あるの？」

「えっ？」

急に訊き返されて、あたしは目を瞬いた。あたし、そんな変なこと言ったっけ？　気が付いたら魔女のお茶会メンバーみんながこっちを見ていて、あたしはさらにびっくりした。

「なんだか反応が具体的な気がする。咲羽子ちゃん、もしかして最近良い人ができたとか？」

「えっ？　えっ？」

智子さんに突っつかれて、あたしは完全に豆鉄砲を食らったハトになった。

鋭い。女の直感なのか、それとも見習い魔女だから？　お喋りするのがメインだから時々忘れてしまうけれど、この魔女のお茶会は、淑子さんに憧れて、魔女修行のために始めたのだ。もっともあたしは、いつまで経っても直感なんかちっとも鋭くならないんだけれど。

「あり得ないって！　全然、まったく、良い人なんてできてないよ！　いや、ないない、やだなあ。綾さんがすっごく幸せそうだから、なんとなく羨ましくなっちゃっただけだよ」

大慌てでそう否定したんだけど、ちょっと声がひっくり返ってしまった。だからなのか、冷や汗が出る。まだみんなが怪しんでる気がして、あたしは付け足した。自虐《じぎゃく》っぽくするつもりで、完全に余計な台詞《せりふ》を。

「実は、最近うちの母親が早く結婚しろしろってうるさいんだ。だからちょっと、気になっちゃっただけだよ。うちの母親、この間はどっかの知り合いからお見合い話まで持ってくるし、かわすのがほんと大変で」

「じゃあ、親御さんの攻撃をかわすためにも、出会いを求めてる感じ？　いいわねえ」

なぜだか自分のことのように嬉しそうに、智子さんがうんうん頷《うなず》く。

「違うってば、全然そんなんじゃないの。今職場が忙しくて、それどころじゃないのよ」

「咲羽子さんって、確かナースなんでしたっけ？」

「そうそう。万年人手不足で、患者さんの前に職員殺す気かって感じよ。だから、出会いなんて探す暇これっぽっちもないよ」

これは本当。世間のイメージ通りナースは業務内容が苛酷《かこく》で、やってられないと思う時の方が多い。けれど、世間のイメージとは反対に、仕事内容に対してそこまで報酬《ほうしゅう》がいい実感はない。ああ、なんて不条理な世の中。

『手に職付ければ不況に強い』なんていう地に足をつけすぎた理由で、あたしは今の職業を選んだ。確かに食いっぱぐれることはなさそうだけど、なかなか現実は厳しい。今は小さな病院に勤めてるけど、ナースの仕事はハードすぎてあんまり好きじゃない。なのに、与えられた役割を真面目《まじめ》にこなしてしまう損な性格のおかげか、患者さんから名前を覚えられちゃったりして、職場でも頼りにされるポジションだ。明日もまた、あたしは精いっぱい全力で頑張ってしまうんだろう。

「——あらまあ、それじゃあ咲羽子さんはとても疲れてるわね。今日は、リラックス効果のあるハーブティーを飲みましょうね」

爽《さわ》やかな林檎《りんご》の香りをふんわりと纏《まと》って、淑子さんが奥のキッチンから現れた。

小さな芝桜のような花がたくさん咲いた白いシャツに、綺麗に洗濯《せんたく》されたエプロンドレスを着た淑子さんの手には、木製のトレイがあった。そして、その上で、透明なガラス製のティーセットが湯気を立てている。

今日の淑子さんは、ふわふわとした真っ白な髪をお下げに結って、ちょっと変わったフクロウモチーフのバレッタで留めている。自分よりずっと年上の人に使っていい表現かどうかはわからないけど——とても可愛《かわい》らしい人だ。

彼女は、『街の小さな雑貨店　黒猫屋』の店主にして、本物の魔女だ。なんでも、『視《み》える』人なんだそうだ。少なくとも、あたしはそう信じてる。だってほら、今だって、魔法みたいにあたしが一番困ってるタイミングに出てきてくれた。

「カモミールの香りですね」

胸いっぱいに優しい香りを吸い込んで、あたしはそう言った。

カモミールはハーブティーの代表選手と言えるようなメジャーな品種で、香りもよくて味も飲みやすい。いわば、初歩の初歩だ。このくらいは、もうあたしにだってわかる。第六感やら霊感やらはちっとも目覚めてくれる様子がないけど、嗅覚《きゅうかく》にくらいは魔女の勉強の成果が出てるのだ。

彫りの深い顔立ちをしている淑子さんは、目尻にいっぱい小鳥の足跡みたいな皺《しわ》を集めて、にっこりと微笑《ほほえ》んだ。

「そう、よくわかったわね。凄《すご》いわ、咲羽子さん。カモミールをメインに、ローズにラベンダーが少々入ってるわ。甘い香りと優しい味が心と体を癒《いや》してくれるのよ」

淑子さんは、なんでも褒《ほ》めてくれる。たぶん、ただ息をしてるだけでも褒めてくれるんじゃないだろうか。淑子さんにだけは、イメージや反応を気にして言葉を選んだりしなくてよくて、それがあたしにはすごく楽だった。いつでも気を張ってなきゃいけないような悪い魔法が、この黒猫屋では上手《うま》く解けてくれるようで。

「いい香り」

透明な急須《きゅうす》の中で、ドライハーブの花がお湯を吸ってゆっくりと咲いていく。カップの中に黄金色の温かな液体が注がれると、一層香りが濃厚になって、もっと深くハーブティーを楽しもうと、あたしは目を閉じた。

以前は、カモミールなんかの甘い香りよりスッキリとしたシャープな香り――特にハーブの中では、柑橘《かんきつ》系やシトラス系に似た感じが好きだった。でも、今は。

「……こういうのもいいですよね。淑子さん、あたし、最近ちょっと花に興味があって。次の魔女のお茶会のテーマは、花に関するものにするっていうのはどうですか？」

「お花？　いいわね、素敵だわ」

ほら。淑子さんの第一声は、いつも誉め言葉。

淡いグレーの神秘的な淑子さんの目と目で笑い合ったのもつかの間、すぐにまわりの魔女のお茶会メンバーが騒ぎ出した。

「えっ、花？」

「咲羽子さんって、花よりグリーン系が好きじゃなかったですか？」

ああ、また墓穴。あたしは、頭を抱えたくなった。魔女のお茶会はまだまだ参加人数が少なくて、お互いの好みくらいならもうバッチリ把握《はあく》してきている。

「だっ、だってこんなにいい季節になったんだし、今は花が一番元気のある時期なのよ？だから、たまにはいつもと違うものも……」

動揺《どうよう》を必死に隠して、あたしはみんなにそう理由を説明した。だって、話すほどのことなんかまだなにも始まっていないし、女友達の恋愛相談に乗ったことならそれはそれは山のようにあるけど、自分が恋話《コイバナ》の主人公になることなんて今までほとんどなかったから、どうしたらいいのかわからないのだ。こういう時、魔女ならどういう風に答えたり、みんなに嫌な思いをさせずに綺麗《きれい》にかわしたりするんだろう——そんなことを、心の隅で考えながら。

そのあとも、黒猫屋では終始あたしの話題続きで——正直、本当に参った。あたしって、そんなに思ってることが顔に出てるんだろうか？　確かに昔から嘘が苦手で、顔に本音が出やすいタイプではあったけど。

魔女のお茶会がお開きになって、一人で駅に向かっていると、ふと、ショーウィンドウに、ちらっと自分の顔が映ったのが見えた。最近ちょっとずつ化粧《けしよう》を勉強してみてるんだけど、まだまだ成果が出てるとは言い難い。一重《ひとえ》の目は、切れ長と言えば聞こえはいいけど、気を付けていなければ目つきが悪く見られがちだし、女にしては背が高いことも地味に悩みの種だ。もう少しこう、なんとかならないもんか——なんて考え出して、早幾年月か。なんにも成長できないまま、ここまで来てしまった気がする。

自分の容姿をじろじろ見ながらぼんやりと物思いに耽《ふけ》っていると、

「――鶴見《つるみ》先輩！」

ふいに名前を呼ばれた。

ハッとして、あたしは顔を上げた。沈みかけていた気持ちが、一瞬にして吹き飛ばされていく。本当に、一年で一番爽やかなこの季節がよく似合う男だ。

まだ店が見えたばかりなのに、彼は白い歯を見せて大きくあたしの名前を呼んでくれていた。なにが嬉しいんだか、ピョンピョン跳ねて。

「おーい、鶴見先輩――！　こっち、こっち」

「はいはい。そんな大きい声出さなくても、聞こえてるって」

苦笑して手を振ると、花がいっぱい入ったブリキのバケツを端に寄せて、彼は犬みたいに駆け寄ってきた。

「いらっしゃいませ、また来てくれたんですね！　本当にありがたいです」

そう言うと、真新しいグリーンのエプロンをつけた彼――花輪裕典《はなわゆうすけ》は大げさに頭を下げた。こういう仕草、中学の時から本当に変わってない。くりっとした目が特徴の顔立ちは、動きと同じく犬みたい。変わったのは、身長くらいのものだ。頭ひとつ分背を追い越された花輪を見上げて、あたしは肩をすくめた。ちょっとだけ、取り繕《つくろ》った顔をして。

「地元だもん、帰りに寄るくらい別に苦じゃないよ。苦手なんでしょ？　ここの接客」

「う……、ハイ」

『痛いとこ衝《つ》かれた』って顔して、花輪は頭を掻《か》いた。

花輪の働く駅前の花屋は、お洒落《しゃれ》で品揃《しなぞろ》えがいいことで人気のある、地元ではちょっとした有名店だ。切り花ばかりでなく、植物の種からスコップや鉢などの園芸用品まで、いつも豊富に取り揃えられている。店先には、まるで溢《あふ》れ出すようにして色とりどりの季節の花が並んでいた。一番手前の目につくところにはまだ蕾《つぼみ》の多い咲き初《そ》めのポットの花々が置かれて、その奥には今が盛りの大振りな花たちが鉢を飾っている。切り花の類《たぐい》は店の中だ。入荷の多い金曜日の朝には、この辺りの園芸を趣味にしている人たちがこぞってやってくるらしい。

花輪は、あたしと一緒にお店に向かいながら、子供っぽく口を尖らせた。

「だって、聞いてくださいよ、鶴見先輩。うちの常連さん、みーんなオレより花に詳しいんですもん。いっつもオレの方が教わってるばっかりで、どっちが客でどっちが店員かわからないって店長にも笑われてるんです。肩身狭くってもう」

職場ではその店長側の方が立場が近いからか、あたしはまた苦笑した。下手だなあ、そういう時は素直に聞いちゃう方がよっぽど可愛がってもらえるのに。けど、男はプライドの生き物と言うし、女より精神年齢も低いらしいから、こんなもんなのかな。そもそも男とあまり深く接触したことがないから、よくわからない。女友達ならいっぱいいるし、アドバイスの仕方もわかってるつもりだけど、男相手だとどう教えてあげるのがベターなんだろうか。

「でも鶴見先輩と話してれば、一応オレも接客してる風になるし」

「あたしが来てる間に、早く花のこともっと勉強しなさいよね。あたしだって、そう暇じゃないんだから」

とりあえず先輩ぶってそう言ってみると、花輪は素直に頷いた。

「はい。相変わらず鶴見先輩は厳しいなあ。中学の時を思い出します。ほら、吹奏楽部の時も、オレがなかなか自分のパートを覚えないからって、よく怒られてました。すげえ怖かったなあ、懐かしいですね」

「そっちだって、全然変わってないじゃん。……あ、変わったか。まさかキミが、花屋さんになるとはね」

「いやぁ、求人の貼り紙見た時に、なんか運命感じちゃって……オレの苗字《みょうじ》、花輪でしょ？　だから、花ならちゃんと好きになれるかなって。オレ、音楽以外になんもやってこなかったから、取っ掛かりが自分の名前くらいしかなくて」

「……」

運命、か。

思わず黙ってしまうと、焦ったように花輪があたしを見た。

「あ、鶴見先輩、今オレのこと軽いって思ったでしょ？　そんなことないですから。オレだってこう見えて、結構考えて……」

「軽いなんて、……思ってないよ」

あたしは、花輪の顔を見上げた。

彼はあたしなんかより、よっぽど魔女に近いなにかを持ってるのかもしれない。だって、彼と一緒にいると、淑子さんといる時と同じか、それ以上に。

「人を明るくする才能があるよ、花輪には。それだけは保証する。だから、向いてるんじゃない？　この仕事。花は、人を明るくするから……」

「えっ、本当にそう思います？　いや、それマジで嬉しいです！」

わかりやすいくらいにニコニコと上機嫌になって、花輪は嬉しげにこう言った。

「そんなこと言ってもらえるなんて、用意しといてよかったなあ。実はそろそろ来てくれるんじゃないかと思って……ちょっと待っててくださいね」

一度店の奥に引っ込んで、手を背中の後ろに隠して、花輪はいそいそと戻ってきた。

「廃棄《はいき》になったやつで申し訳ないんですけど……。はい、どうぞ」

そういって花輪がパッと手品みたいに取り出したのは、手作りの花束だった。

「あっ……」

「水仙《すいせん》と百合《ゆり》に、マリーゴールドです。オレンジの百合って珍しいでしょう？　だからね、鶴見先輩にプレゼント」

あたしは、呆気《あっけ》に取られて花輪を見た。花輪が、強引に手に花束を握らせてくる。オレンジ色の百合とマリーゴールドを、白い水仙の凛《りん》とした姿が引き立てている。ところどころ茎《くき》が折れてたり、花びらが欠けたりしているけれど、まだまだ綺麗だ。

「なかなか売れなくてずっと店に並んでたのが萎《しお》れてきちゃって、なんとか頑張って復活させたんですけど、これが限界。でも、ちゃんと花瓶《かびん》に差せばしばらくは保《も》つと思うから。どうか鶴見先輩の家に持って帰ってやってください」

「また用意してくれたの？　叱《しか》られない？」

「平気です。残っても廃棄だし、捨て値みたいなもんだけど、一応金は払いましたから」

「え、ならお金払うよ」

慌てて財布を出そうとすると、その手を花輪に止められる。

「気にしないでください、小銭で済む額ですから。それより見てくださいよ、このマリーゴールド。これは家で育てたんです。お客さんにガーデニングのことを聞かれたりもするから、自分でも勉強しようと思って、今家でいろいろ育ててみてるんです。ほら、うちの店って、市場だけじゃなくて花農家ともやり取りがあるでしょ。だからいろいろ触発されちゃって。とりあえずマリーゴールドが簡単だって話だったから挑戦してみたんだけど、結構苦労したんですよ。でもようやく花が咲いた時は、意外と達成感があって……」

嬉しそうに語る花輪の声を、あたしは隣で静かに聞いた。

花輪は、高校卒業後はずっとプロのミュージシャンを目指してバンド活動をしていたらしい。メンバーがどんどん辞めていってしまう中で、最後まで一人で頑張ってたけど、やっぱり無理だと悟って、新しい道を探して……たどり着いたのが、この花屋というわけだ。

この花屋で偶然再会したのは、先月のことだ。最初は誰だかわからなかったけど、向こうから声をかけてきてくれた。『鶴見先輩』なんて呼ばれるのは久しぶりで、まるで、中学生に戻る魔法にでもかけられてしまったかと思った。あの時、世界がまるでこの季節に咲き誇る花に変わったかのように感じてしまった理由は、……今でもよくわからない。

「――さあさあ、お嬢さんたち。今日の手仕事を始めましょうか」

トレイいっぱいに花を集めて、淑子さんが微笑《ほほえ》んだ。大きな花、小さな花、それにこれから咲くのを待つ蕾さえも、まるでこの生命力豊かな季節の訪れを喜んでるみたいだった。見習い魔女たちも、まるで花たちの嬉しさが伝染したみたいに一斉に笑顔になった。

「わあ、凄《すご》い！」

「この花、全部淑子さんが育てたんですか？」

「そうなの！　庭で綺麗に咲いていたから、ちょうどいいと思って」

嬉しそうに、淑子さんがそう言った。

今日は、定例の魔女のお茶会開催日だ。淑子さんが育てた花たちを、あたしたちは一層気を引き締めて、作業台にしてるテーブルに、大切に並べていった。

作業台用のテーブルいっぱいに花が咲いたところで、淑子さんはこう言った。

「咲羽子さんが、この間お花を勉強したいっていう嬉しいリクエストをしてくれたでしょう？　だから、今日はみんなでハンギングバスケットを作ってみようと思って」

「ハンギングバスケット……、ですか？」

ピンと来なくて、あたしは首を傾《かし》げた。

すると、今度は持藤奈津《もちどうなつ》さんが黒猫屋の奥から現れた。奈津さんは二十代半ばで、最近魔女のお茶会に参加し始めたばかりの女の子だ。今は、主に彼女が淑子さんのアシスタント役のようなことをしている。奈津さんの腕には、バスケットがたくさん抱えられていた。バスケットは花輪の店の制服《エプロン》のような濃いグリーンのワイヤー作りで、円形もあれば、半円型のものもあった。そして、そのどれにもどこかに吊るすためのフックが付いていた。

「ありがとう、奈津さん。ほら、アパートやマンションのような集合住宅に住んでいると、お花を育ててみたくてもスペースがないでしょう？　でも、ベランダなんかのちょっとしたスペースに飾れるハンギングバスケットなら、気軽にお花を楽しめるのよ。今日は、このバスケットに目いっぱいお花を植えてみましょう」

ワイヤーのバスケットを手に取って、淑子さんが花のポットを仮置きしていった。やっとイメージができて、あたしたちは頷《うなず》き合った。

「それなら、見たことあります」

「ご近所さんで、たまにやってるお家ありますね」

外観にこだわっている家の壁や門や、ベランダの柵《さく》などに、たっぷりと花の咲いた鉢や籠《かご》がぶら下がっているのを見かけたことがある。だけど、お洒落な分、上級者向けのイメージがあった。

「あたし、あんまり植物を育てたりしたことってないんですけど、ハンギングバスケットって難しいんじゃないですか？」

「コツさえ摑《つか》めば大丈夫。一度作れば、少なくともワンシーズンは楽しめるはずよ。それじゃあ、まずは完成図を想像して描いてみてちょうだい。それから花を仮置きしていくと、イメージに近いハンギングバスケットができるわ。同系色や同じ種類の花でまとめてもいいし、たくさんの色を使うのも素敵よ。お家のどこに置きたいかも考えて、バスケットの形を決めてね」

淑子さんが用意してくれたスケッチブックと色鉛筆を使って、あたしもみんなに倣《なら》ってテーブルに咲いた花を見てイメージを固めていった。丸型のバスケットを使ったら、きっと大きな花束《ブーケ》みたいで可愛《かわい》いだろう。

けれど、ベランダにしても室内にしても非常に狭いあのマンションのワンルームのいったいどこに吊るそうか。丸型だと、フックに鎖を通して上から吊るすしかなさそうだから、壁掛け型よりもスペースを確保するのが難しい。でも。

「……花束ってやっぱり綺麗よね」

ついそう呟《つぶや》くと、隣に座ってる綾さんに肩を突かれた。

「花束といえば、あたし見ちゃったんですけど。咲羽子さん」

「え？」

「この間、駅前のお花屋さんで。咲羽子さんと彼、すごくいい感じでしたね」

「！」

あたしは、ぎょっとして綾さんの顔を見つめた。待って、もうそれ以上言わないで――なんていうテレパシーはもちろん通じなくて、綾さんはこう続けた。

「あの店員さん、イケメンですよね。あたし、あのお花屋さんの彼、前からちょっと素敵だなって思ってたんです。もしかして、あの人が咲羽子さんの彼氏さんですか？」

「えっ？　なになに、そうなの？」

智子さんがキラリと目を光らせて、あっという間に、魔女のお茶会の主題が再びあたしの――『鶴見咲羽子の恋愛事情について』に切り替わる。あたしは、また冷や汗をたっぷり掻《か》くことになった。

「べ、別に彼とかってわけじゃないよ、全然。中学の後輩だよ。腐れ縁ってやつなのかなあ」

「でも、かなり仲良さそうに見えましたよ」

「……うえっ⁉」

思わずむせ込んで、変な声が出た。

それ、本当に？　綾さんにそう訊き返したいのに、喉《のど》が詰まって訊けない。こんなしょうもない一言で心の底から動揺《どうよう》するなんて、三十路《みそじ》も越えたくせに残念すぎる。

すると、淑子さんがくすくすと笑った。

「最近咲羽子さんがたくさん攻められちゃって大変ね」

「だって、つい気になっちゃって。ねえ、咲羽子ちゃんの気持ちはどうなの？　彼のことが気になってるの？」

ストレートに訊いてきたのは、親切で心配性で世話焼きで――少々お節介《せっかい》な、智子さんだ。あたしは、急いで智子さんに首を振った。

「いやいや、でもそんな、アイツ、フリーターですよ？　しかも、花屋に勤めてからだってまだたいして経ってないんです。そりゃ結構頑張って勉強重ねてるみたいですけど、いい歳《とし》して、ないない、そんな奴」

まともに付き合うような相手じゃない――と否定するつもりのはずが、まるで、身内を謙遜《けんそん》するような口調になっていた。花輪に対して認めてる部分もあることが、うっかり口をついて出た。

すると、自分の苦労話でも思い出したのか、げっそりした顔になって智子さんがため息をついた。

「フリーターかあ。確かに、収入のことは現実問題無視できないわよねえ……」

すると、奈津さんがおずおずとした様子で智子さんにこう言った。

「あたしは一応正社員で勤めてますけど、結構な薄給《はっきゅう》ですよ。夢があってフリーターをしてるんなら、そこは認めてもいいんじゃないですか」

「それはそうだけど」

智子さんは、本当にあった怖い話でも打ち明けるような顔でこう続けた。

「でも、夢と現実は分けて考えなくちゃダメよ。その花屋のイケメンは観賞用に留めて、真剣に付き合う人は別で探した方がいいかもしれないわ」

「でも、確か咲羽子さんは、ナースをなさってるんでしたよね？」

そう首を傾げたのは、まだ若い綾さんだ。

「収入も安定してるし、咲羽子さんしっかりしてるし、関係ないんじゃないですか？　やっぱり、好きな人と結婚するのが一番ですよ。自分でちゃんと稼《かせ》げてる女性って、本当に凄いなと思います」

「け……」

あたしは、なんでか尊敬のまなざしをこっちに向けてきている綾さんを見たまま、呆気《あっけ》に取られた。結婚なんて言われてしまうと、非常に動揺する。あたし、全然しっかりなんてしてないよ……。

「ねえ、奈津さんもそう思わない？」

「えっ、ええと……」

綾さんに話を振られて、奈津さんは目を白黒とさせた。ちらっとあたしの方を見て、奈津さんは難しい顔で考え込んだ。

「うーん……。その花屋さんのことはわからないですけど、あたしは咲羽子さんが羨《うらや》ましいです。彼氏なんていう贅沢《ぜいたく》は言わないから、せめて好きな人がいたらなあなんて思っちゃって。誰かを好きっていう気持ちは、やっぱり大切ですよね」

いつの間にか奈津さんまで、あたしが奴を好きなことを前提に話している。あたしの恋話のはずなのに、なぜだか、あたしが一番置いていかれていた。見習い魔女たちの操る話題は、変化が目まぐるしい。けど、それ以上にあたしの心も目まぐるしい。でも本当は、この軽い混乱状態は、花輪と再会してからずっと続いている。

ふと、誰かが、みんなの気持ちを代弁するようにこう言った。

「やっぱり、恋っていいですよねぇ……」

そうか。恋っていいものだったんだ。知らなかった。

どうしてなのか、恋って、浮ついてて軽薄で、確かじゃないものというイメージがずっとあった。それでいて、そんな軽いものなのに、あたしには重すぎた。だからこんないい大人になって必要に迫られても、飛び込むのに物凄い勇気がいる。

今も、本音は誰かに話したい気持ちが胸に詰まっていっぱいいっぱいになっているのに、これ以上話すのは見苦しい気がして、躊躇《ためら》われた。だから、あたしは淑子さんに助けを求めた。

「あの、本当に綺麗《きれい》な花ばかりですよね、淑子さん。たくさん花を入れたくなっちゃうけど、大丈夫でしょうか?」

「そうね。ハンギングバスケットは、ベランダや門に吊るしたりして楽しむものよ。だから、その分軽くしないといけないの。でも、多少多めでも大丈夫でしょう。ただ、どうしても乾きやすくなってしまうから、特別な工夫《くふう》が必要よ。さあ、手をかけてあげましょう」

綺麗な花を咲かせるには、大きな庭や立派な鉢が必要。そう思ってたけど、工夫次第で、そうでもなくなるのかもしれない。そう思っていると、淑子さんとふいに目が合った。淑子さんは目の端で笑って、こう言った。

「ハンギングバスケットには、ココナッツの繊維《せんい》を使ったパームマットを使うことが多いけど、今回はイギリス風に土の乾燥を防ぐために水苔《みずごけ》を使ってみましょうか。それから、土の配合は……」

教えてもらった割合に合わせて土を混ぜるのは、まるでお菓子作りみたいだ。でも、香ってくるのはバニラエッセンスじゃなくて、少し湿った森の匂《にお》い。黒猫屋の匂いだ。淑子さんが庭で大事に育ててくれた花が、その中で主役になる。

「ハンギングバスケットに向くのは、ペチュニア、ベゴニア、ナスタチウム、スイートアリッサムにバーベナ、それからゼラニウムね。どれも丈夫で、乾燥にも強いわ」

「でも、本当にいただいてしまっていいんですか？　淑子さん」

「ええ。あなたたちのお家であなたたちを癒《いや》してくれるなら、この花たちも咲いた価値があるってものよ」

淑子さんにお礼を言って、あたしたちはそれぞれ好みの花をワイヤーバスケットに仮置きしていった。すると、淑子さんがふとあたしにこう言った。

「咲羽子さんは、ナスタチウムとゼラニウムが好きなのね」

「え？　どうしてですか？」

「だって、色は違うけど全部その二種類よ」

「え……、あっ」

本当だ。びっくりして、あたしは思わず自分のバスケットを手で隠した。

「やだ、気が付きませんでした。ついつい見たことのある花を選んでたら、そればっかりになっちゃって」

しどろもどろで言い訳をすると、智子さんが、『ピーンときたわよ』という顔をした。

「咲羽子ちゃん？　その焦り方、もしかして、なにかあるの？　……あ、わかったわ。その花屋のイケメンからプレゼントされたとか？」

「え、えええっ!?」

あっという間に智子さんに図星を衝《つ》かれ、あたしは慌てた。やっぱり、見習い魔女歴が一番長い彼女には、相応の修行効果が出ているのかもしれない。凄い洞察力だ。

「へえ、オレンジに白に黄色ね。咲羽子ちゃん、赤とかピンクは好きじゃないもんね。彼がプレゼントしてくれたのも、この色だったの？」

「ま、まあ、そう、なのかな……。その時に手入れの仕方なんかを詳しく聞いたからさ、世話もしやすいかなと思っただけだよ。特に深い意味はないって、智子さん」

そう否定したはずが、なぜかまわりから『おお～』と歓声が起こる。その中で、淑子さんだけがなぜだか首を傾《かし》げていた。その淑子さんに、智子さんがこう声をかけた。

「花の手入れまで教えてくれる彼なんて、素敵ですよねえ。淑子さん」

「ええ、そうね」

短くそう答えてから、淑子さんがまたあたしに助け舟を出すようにこう続けた。

「さあさあ、お喋《しゃべ》りもいいけど手も動かしてね。ハンギングバスケットに植えてからも、どの花の苗もまだまだもっと成長して、綺麗な花を咲かせてくれるわ。時間の経過とともに変わっていく様子を楽しめるのもまた、ハンギングバスケットの魅力なのよ」

淑子さんが、そう言ってウィンクしてくれた。

時間の経過とともに変わっていく――それは人間関係も同じだ。この花々の苗が満開になる頃、あたしはいったいどうしてるんだろうか。


帰り道、お茶でも買おうとコンビニに寄ってみると、ちょうど学校帰りの学生たちの集団とかち合った。部活帰りのようで、店内には大きなスポーツバッグと汗臭《あせくさ》い匂いが満ちていた。誰も彼もが楽しそうで、やたらと騒がしかった。

「若いなあ……」

ぼそっと言ってしまって、あたしは一人で赤くなった。

別に、学生の頃に戻りたいなんて、思ってない。本当に、リアルに、ほんのちょっぴりも。

過去は振り返らない主義――なんていう格好いいものでは当然なく、昔は今より楽しくなかったからだ。いい思い出もあるし、いい友達もできたけど、でも今の方が自分の好きなようにできることが増えた。お金だって生活に不自由しない程度には稼《かせ》げているし、罪悪感なく欲しいものも買える。

今だって、一人暮らしの部屋でなら、花輪がくれた花くらい自由に飾れるし、親に花をもらった経緯を尋問されることもない。

ちょっとだけ考えてみた。どこに行っても年長グループに入るようになったのは、いつからだったか。歳《とし》を取るごとに女友達はどんどん増えたけど、それ以外は特になにも変わらない。ちょっと前まで若かった気がしたのに、今はすっかりいい大人だ。心の中は、成長してないところばっかりなのに。

だからなのかはわからない。

けど、気が付けば、花輪と再会できてよかったと思ってる自分がいた。

花輪は、中学の時も、部活で頑張りすぎてるあたしを励《はげ》ましてくれたんだっけ。バンドなんかやるくらいだから、奴は昔から男にも女にも人気があった。あたしになんか優しくしなくたっていいはずなのに、時々『やっぱり鶴見先輩がいないと！』とか言ってくれて……。

『なんか運命感じちゃって』なんて大層なことを軽々しく言える彼の強さや素直さが、あたしには眩《まぶ》しかった。素直な気持ちを口にすることは、とても勇気がいることだから。

学生たちがいなくなってがらんとしたコンビニの店内で、あたしはぼんやりと呟《つぶや》いた。

「運命かあ……」

そういうのに憧れを持ってはいたけれど、現実にはあるわけないって思ってた。なのに、花輪が口にすると、まったく別の響きに聞こえる。

「……なに考えてんの。馬鹿みたい、あたし」

なのに、わかってるはずなのに、あたしたちもそうだったらいいなと、心のどこかで願ってる。気を抜くと、『もし付き合ったら』とか、『結婚したら』とかまで考えてて、まるで本当に中学生に戻ってしまったみたいだ。

誰もいないコンビニの飲料水コーナーの床に、あたしの吐き出した深いため息が、何度も落ちては消えていった。

ハンギングバスケットをぶら下げてコンビニを出ると、ちょうど奈津さんと遭遇《そうぐう》した。

「あれっ、咲羽子さんじゃないですか。今から駅ですか？」

「そう。奈津さんも？」

「ええ、そうなんです」

珍しい組み合わせにちょっとどぎまぎしてから、なんとなくあたしたちは肩を並べて一緒に帰ることになった。無言で歩いていると、ふと隣から、

「はあ……」

そんな大きなため息が聞こえた。

「どうしたの？　元気ないみたいだよ」

心配になってそう訊いてみると、奈津さんはちょっと照れたようにこう言った。

「いやあ、やっぱり智子さんとか綾さんは違うなあって思って。今日は特に凄《すご》かったですね。男の人と付き合ったことがないから、あたしにはなかなか話についていけなくて」

「え、奈津さんそうなの!?」

あたしがぎょっとすると、奈津さんは『まずい』という顔をした。きっと、うっかりして口を滑らせてしまったんだろう。淑子さん効果なのか、あの黒猫屋の半径数十メートル内では、いつもより口が軽くなって、心に抱えてるものがポロリと出やすくなる気がする。

「すっ、すいませんっ。二十五にもなって年齢イコール彼氏いない歴とか、引きますよね……!?」

「全然そんなことないよ、謝らないで。あたしだって似たようなもんだし」

実際、人に語れるようなレベルの恋愛経験なんてほとんどない。たまに気になる男がで

きても、他の女友達を好きになられたり、キューピッド役や相談役に任命されたりして、他人《だれか》の幸せばかりをお祝いしてきた。いつも自分のことは後回しだったし、付き合ったことに至っては、学生時代に一度きりだけしかない。

するときょとんとしたように奈津さんが首を傾げてあたしを見た。

「え、本当ですか？　咲羽子さん、モテそうなのに。実はあたし、咲羽子さん最近綺麗になったなってずっと思ってたんです。化粧《けしょう》の仕方を変えたのかなって思ってたんですけど」

「えっ……!?」

それは本当だろうか。もしかして、最近化粧を練習してる成果がほんのちょっぴりでも出てくれたのかも――いやいや、接客業の人は口がうまいものだ。

奈津さんは化粧品メーカー勤務で、有名百貨店のコスメカウンターに毎日立っているらしい。髪型や服装はシンプルだけど、いつも綺麗にメイクしている。マスカラが滲《にじ》んでるところなんて、見たこともない。あたしからすればキラキラ輝いて見えるんだけど、どうも彼女は自分に自信がないタイプみたいだ。すごく嬉しかったけど、奈津さんみたいなプロの目に耐えられるような化粧をしてるわけもなくて、あたしは急いで否定した。

「そんな、綺麗だなんてあり得ないって！　でなきゃ、親からお見合いなんか勧められないよ」

「実はあたしも同じで、うるさく言われてるんです。あたしの場合、相手は姉なんですけど」

奈津さんの言葉に、思わず止まる。いや、いくら同じアラサーでも、二十代のあなたと三十代のあたしじゃ全然違う。下手したら、そのお姉さん、あたしより年下じゃない？

……という卑屈《ひくつ》なツッコミが、喉元《のどもと》まで出かかった。

「あたし、なかなか具体的に婚活する気になれなくて。そういうのをやった方がいいんだろうなとは漠然《ばくぜん》と思うんですけど、今は仕事が大事な時だし、すぐに生活を変えたいわけじゃなくて……」

「そっか、仕事頑張ってるんだね」

なんだか、彼女が最近輝いている理由がわかった気がした。自分も仕事に慣れようと必死だった時期があったから、気持ちはわかる。仕事って、責任だ。奈津さんを労《ねぎら》おうと、あたしはこう言った。

「なら、ちょっと恋愛が後回しになっちゃうのも仕方ないよね」

「本当にそう思います？」

「うん。思うよ」

あたしが頷《うなず》くと、ほっとしたように奈津さんは続けた。

「強がりも入ってるかもしれないんですけど、出会いが婚活っていうのも味気ない気がしちゃうんです。付き合ったことがないからか、恋愛結婚に対する憧れがなくならなくて。お見合いで相手を決めたりしたら、結婚式で馴《な》れ初《そ》めとかなんて説明しようって、まだ出会ってもないのに考えちゃったりして」

「ああ、それ、わかるなあ」

「うちの両親はお見合い婚だし、夫婦仲はまあまあいいんですけどね。結婚してから上手《うま》くいけば、出会いはお見合いでもいいのかなあと思う時もあるんですけど、恋愛結婚を諦めたら後悔しそうで」

現実にはそんな当てなんかまるっきりないのに、なぜか妄想力だけは逞《たくま》しくて困る――こんな悩みは、意外と多くの人が持ってるのかもしれない。まるで別の人を見るような気持ちで、あたしは初めて奈津さんの顔をまじまじと見た。

「……ねえ、奈津さん」

こうして似たような境遇の者同士で愚痴《ぐち》っていたって、結婚相手がどこかからきのこみたいにニョキニョキ生えてくるわけでもない。あたしは、奈津さんに、お互いの現状を打破するための提案をしてみることにした。努めて気軽な感じに、あたしはさらりとこう言った。

「それじゃさ、もしよければ、物は試しに二人で一緒に婚活パーティーとか行ってみようか?」

「え? いいんですか? でも、咲羽子さんには花屋さんの彼が……」

「い、いや、付き合ってるわけじゃないし、さすがにあたしもフリーターはどうかなって思ってるよ。智子さんの言うことにも一理あると思うし」

「智子さんって、親とかお姉ちゃんとまったく同じこと言ってるんですよね」

「うちもよ」

心配してくれてるのはわかるし、そこには確かに思いやりがある。でも、非常に困る――そういう関係って、どこにでもあるもんだ。あたしたちはまるで同盟関係でも結んだみたいに、お互い苦笑を浮かべていた。

「行ってみっか、婚活」

「なんかキャンペーンのキャッチフレーズみたいですね」

「しかも官製とかのさ、ちょっとミスってる方のだよね」

「確かにそうかも」

今度出たのは苦笑じゃなくて、噴き出し笑い。その日初めて、あたしたちは駅前の静かなカフェでお茶して帰った。

――が、事はやっぱり、そんなに簡単じゃなかった。

新調したワンピースで、あたしは婚活パーティーに臨《のぞ》んだ。当日、ペンを忘れて会場で小銭をむしり取られて買い取りして、プロフィールカードに自分のことを書いて、初見しかいない男性陣との自己紹介の渦《うず》に巻き込まれた。クルクルと相手が替わっていって、どこかの婚活実録番組じゃないけど、本当に回転寿司みたいだ。とにかくもう、目まぐるしい。

着慣れない小綺麗《こぎれい》なワンピースに身を包んでいても中身の印象は変わらないらしく、

「鶴見さんって、なんだかしっかりしてそうな人だなあ」

なんてことを開口一番よく言われた。

一人、ありがたいことにとっても気に入ってくれた男がいたけれど、どうしてもタイプだとは思えなくて、あたしはその人を避けて何度かトイレに駆け込んだ。さすがにしつこかったので失礼にならないように懇切丁寧《こんせつていねい》にお断りすると、今度は手の平返しのように無視された。呆気《あっけ》に取られているうちに、その男は別の女のところへと駆け去っていた。

会場に蔓延《まんえん》する猛烈なエネルギーに中《あ》てられて、気が付いたら、あたしと奈津さんはすっかり立派な壁の花になっていた。しかもたぶん、無駄に疲れて萎《しお》れかけ。

「……今日のワンピース可愛《かわい》いですね、咲羽子さん」

「本当？」

店員のアドバイスを頼りにレジに持っていったんだけど、これで正解だったんだろうか。ちなみに今日は、奈津さんに化粧を頼んでしまった。さすがはプロといった感じの手際《てぎわ》で、鏡の中の自分が、まるで自分じゃないみたいに見えた。凄く嬉しかったけど、どうやらこのチャンスを生かすことはできなかったみたいだ。もちろん、奈津さん自身も今日も凄く化粧が決まっていて可愛らしい。

「奈津さん、声かけられてたじゃない。いいの？」

「咲羽子さんだって。……でも、なんか疲れちゃって」

「あたしも」

あたしは、ぼんやりとパーティー会場を眺めた。こんなことを言いたくはないけど、女性陣より男性陣の方がぐっとレベルが下がるように感じるのは、気のせいなんだろうか。女性参加者は、誰もが綺麗に見えたし、みんな優しそうだった。でも、男性は——。それとも、こういうもの？

これが普通なのかもしれないけど、どの男と話しても自分の話や条件のことばかりで、あまり楽しく感じられなかった。高望みしないようにと、かなりハードルを下げて参戦したつもりだったけど、まだまだ甘かったようだ。この会場のどこにも――花輪はいなかった。当たり前だけど。

「ほんとに、全然違う……」

ここにいる男たちは、花輪とはまるで違う。花輪といる時は、楽しくないなんてこと絶対にないのに。このシステムに慣れて何度も通えば、いい相手に出会えるのかもしれない。でも、今はそんな気力湧きそうになかった。

「……なんかごめんね。帰ろうか、奈津さん」

あたしがそう呟《つぶや》くと、奈津さんはすぐに同意してくれて、あたしたちはパーティー会場をあとにした。

駅で奈津さんと別れて腕時計を見ると、もういい時間で――少し切なくなった。アクセサリーの類《たぐい》は苦手だけど、ひとつくらいキラキラしたものを身につけたくて、何年か前にちょっといい腕時計を買ってみたのだ。キラキラした時間をすごせますようにと、柄《がら》にもなく願いを込めて。今日も腕に巻いてきてみたけど、全然効果はなかった。

高い時計が、涙に歪んでくる。やたらとうるさく光る駅前のネオンサインも、酔っぱらいの喧噪《けんそう》も、みんな遠くに感じた。

そりゃあ、声はかけられたし、ナースという職業がああいう場ではものすごく食いつかれることもわかったけど、初めての婚活はあんまり楽しいもんじゃなかった。横柄《おうへい》な態度の奴がいれば、セクハラまがいみたいな奴もいる。いい大人なのに、どうしてあんなにマナーのない態度を取るんだろうか。二度と会うことがない他人に対してなら、なにしてもいいってわけ？　あんなこと絶対しない、花輪だったら――。

「――鶴見先輩？」

「えっ？」

目を瞬いてみると、涙の霧が晴れた。そこには、まるで魔法のように、花輪が立っていた。

いつもの濃いグリーンのエプロンをつけた花輪は、いつもと同じ、犬みたいな明るい笑顔だった。

「ああ、やっぱり。いつもと雰囲気《ふんいき》が違うから、別の人かと思っちゃいましたよ」

完全にふい打ち。とっくに花輪の店の営業時間をすぎてるから、いるわけないって思ってた。なのに、目の前には、花輪がいる。花輪は、こちらをまじまじと見てこう言った。

「今日はなんか綺麗ですね。もしかして、デートですか？」

「え!?　ち、違うって、そんなわけないじゃん。あの、そっちこそなにしてんの？　こんな時間に」

「残業ですよ、実はミスっちゃって。その後始末もあって、今日は午前様かも……。まあそんなことは置いといて、ちょっと待っててもらえますか？」

花輪は一度お店に引っ込んで、それから小さな花束を持って出てきた。今夜のはラッピングペーパーもなく、ただ輪ゴムで簡単にくるくると留められてるだけの簡単なものだった。花輪は、嬉しそうにあたしにその花束を差し出してきた。

「見てくださいよ。この花、可愛くないですか？　金魚草《きんぎょそう》っていうんです。花びらが、金魚が尾びれをゆらゆら揺らして泳いでるところに似てるからそういう名前になったらしいです。でも、オレには金魚っていうより羽毛みたいに見えて。見た瞬間、鶴見先輩にピッタリだなって思って取っといたんです」

「え？　なんで？」

羽毛ってなんだ。高級蒲団《ぶとん》？　あたしが、高級蒲団でも買わされそうな感じということか。確かに、しつこいキャッチセールスに付きまとわれたことならあるし、一昨年親にプレゼントしたのがちょうど高級羽毛蒲団だったけれど。

するると、花輪はさも面白い話でもするかのように続けた。

「この金魚草って、羽がふわふわって集まって咲いてるみたいな花でしょ。だから——咲羽子っていう、鶴見先輩の名前のイメージそのまま。ね？」

「……」

言葉もなかった。

……こうやって、ピンチの時に現れてくれたら、見えてしまうじゃない。

白馬に乗った、王子様に。


「はあぁ……。嫌だなあ……」

喫茶用に使われてる黒猫屋のテーブルセットに頰杖《ほおづえ》をついて、あたしはため息をついた。

ここのところ悩み事続きで、ため息ばかりついている気がする。

今日は、魔女のお茶会開催日じゃない黒猫屋の通常営業日だった。といっても、営業日は不定期だ。『開いてたらラッキー』と思って、こっそり一人で淑子さんに会いに来たのだ。淑子さんに、『頑張ってる』って言ってもらいたくて。

ドライツリーやハーブの苗などで飾られている黒猫屋は、まるで店全体が生き生きと息づいているようだった。森の中にひっそりとたたずむ魔女の家。そんな形容詞が、この黒猫屋にはよく似合う。太陽の光を受けて神秘的な黄金色に輝くテーブルの木目をぼんやりと指でなぞっていると、奥から淑子さんが出てきた。

「大きなため息ね。咲羽子さん」

フフッと笑って、淑子さんがそう言う。

「でも、本当は嬉しそう」

「え？　どうしてですか？」

「だって、顔が笑ってるもの。台詞《せりふ》の中身と反対よ？」

「あ……」

あたしは、思わず頬を揉《も》んだ。

実は、あの夜の会話がずっと頭から離れない。たった数分だけだったあの会話を、あれから頭の中で何度もリピートしていた。今日急いで黒猫屋に来たのも、プレゼントされた金魚草を、どうやったら長持ちさせられるか教えてもらうためだった。

「なんだか最近目まぐるしくて。喜んでいいことなのかそうじゃないのか、自分でもよくわからないんです。やだな。意味不明ですね。すみません」

「そういう時は、誰にだってあるわ。今はきっと、咲羽子さんにとって大事な時期なのね」

「え?」

「一生懸命変わろうと頑張ってる時って、人はそういう風になるものなのよ。胸がめいっぱいになってるのは、あなたが頑張ってる証拠」

言って欲しかった言葉を難なく言ってくれて、あたしは目を丸くした。

やっぱり、この人は魔女だ。

淑子さんと二人きりだと、いい歳《とし》してとかあたしなんかがとか、そんな余計な思考が、あの羽に似た金魚草の花びらのようにひらひら飛んでいった。あたしは、素直に淑子さんに悩みを打ち明けた。

「……淑子さん、実は聞いてほしいことがあるんです」

「ええ、いいわ。いったいどんな話かしら」

「あたし——鶴見咲羽子の人生回顧録《かいころく》です」

冗談めかしてそう言ってみると、淑子さんは目を丸くした。わざわざ振り返るほどの経験なんかなにもしてきてないけれど、誰かに話したくなったのだ。胸いっぱいにずっと渦《うず》巻《ま》いている——このもやもやとした思いを。

淑子さんは、悪戯《いたずら》っぽく微笑《ほほえ》んでこう言った。

「咲羽子さんは人生を振り返るほどの年齢じゃないと思うけど……、いいわ。なんでも話してみてちょうだい。とても楽しみよ」

「淑子さんを楽しませるような話じゃないですけど……じゃあ、お願いします」

ご拝聴《はいちょう》いただけることに感謝して頭を下げて、あたしは話を始めた。

「……あたし、今までずっと恋愛をサボって生きてきたんです。だから、世間的にはいい歳になったけど、婚活しなきゃと思ってもなにから始めていいかもよくわからなくて。うちの親だって普通に結婚してるんだし、いずれなんとかなるんだろうというくらいにしか考えてこなかったから、いざ恋愛しようって思うと、今日日《きょうび》の中学生より子供みたいになっちゃって、どうしようもないんです」

本当に、馬鹿みたいな悩みだ。恋愛ドラマや少女漫画にばかり浸って生きてきたせいか、恋って偶然始まるもんだとばかり思っていた。自分から動いて恋を探すのって、不自然なことな気がして――もっと自然に出会って結婚したいと思ってたし、そんなの贅沢《ぜいたく》な望みじゃないって疑いもなく信じてた。でも、そんなこと全然なかった。みんな、努力して恋をしてるんだ。そんなことに、今さら気が付いてしまった。

こんなの本当に単なる愚痴《ぐち》でしかないのに、淑子さんは座ってうんうんと聞いてくれた。

「今まで、女友達はたくさんできたけど、恋愛関係は全然でした。だから、いざ素敵だなって思える男性に出会っても、どういう態度を取ればいいのか、ちっともわからないんです。こういう時他の女性はどうしてるんだろうって考えて迷って、挙句《あげく》格好つけて男慣れしてるような顔したりして。でも、素直になって本心でぶつかって、引かれたらどうしようって思うと怖いんです。臆病なばかりでスタートラインのずっと手前で足踏みしてたら、いつの間にか、自分の番がまわってくる前に、あたしだけ煮ても焼いても食えない素直じゃない可愛《かわい》くない女に仕上がっちゃいました。本当に、どうしようもありません」

好きな人にどう気持ちを伝えればいいかなんて、誰も教えてくれなかった。だから、ようやく自分の気持ちに気が付いても、このあとどうすればいいのかわからない。どうしたら、自然に次のステップに進めるんだろう。完全に恋愛迷子だ。いい大人のくせに……。

するると、淑子さんがふとこう言った。

「……わたしは、咲羽子さんのこと、すごく可愛いなって思うけどね」

「え？」

「あなたって、とっても女性らしい可愛い人よ。自分で思ってるよりずっと。咲羽子さんのよさをわかってくれる人はきっといるわ。保証する。もし咲羽子さんが今までの自分の生き方を不器用だったと感じてるとしたら、それは、きっとあなたの人生にとって必要なまわり道だったのよ。わたしはそう思うわ」

まっすぐにあたしの目を見て、淑子さんはそう言ってくれた。

自分が馬鹿だからこんな出口のない袋小路にどん詰まってると思って、過去を後悔ばかりしていた毎日が、まるで全部本当はこれしかない道だったように思えてきた。急いでぱちぱちと瞬きをして涙を乾かして、あたしは歯を食いしばった。

「本当にそう思います？　白馬の王子様、あたしのところにも来てくれるでしょうか……」

「王子様かはわからないけど」

くすっと笑って、淑子さんは言った。

「でも、今どきは王子様だって生まれた時から王子様じゃなかったのかもしれないわ。お姫様を見つけて初めて、その人を守ろうって王子様になっていくのかも」

「淑子さんの旦那様《だんなさま》は、そうでした？」

「……こら。いい歳をしたお婆《ばあ》ちゃんをからかわないの」

微笑んだまま、淑子さんがあたしの額を小突いた。

あたしは、そっと、密かに羨《うらや》ましく思っていた、店の奥へ入る扉のそばにある売り物以外のものが飾られたガラスのショーケースを見つめた。ガラスケースの中で、モノクロの家族写真に加えて、海外の硬貨や古びたタロットカードの絵柄が陽光を弾いていた。あそこにあるのは、亡くなった淑子さんの夫の遺《のこ》した思い出の品たちだ。そのひとつひとつが、今も淑子さんを見守っている。あたしもいつか、大好きな人と一緒にゆっくり歳を重ねていけるんだろうか。

勇気を出して、あたしは淑子さんに訊いてみることにした。

「花輪と……その、今好きな人と、上手《うま》くいくでしょうか。あたし、実は今日、彼からプレゼントされた切り花を長持ちさせる方法を教えてもらいたくて来たんです。金魚草っていう花なんですけど」

「金魚草をもらったの？」

「はい。あたしの名前を連想したらしくて……馬鹿みたいな話なんですけど、嬉しくて。花屋でアルバイトをしてるから張り切ってるみたいで、お土産《みやげ》代わりに花をよく用意してくれるんです」

「そのお花屋さんの彼に、他にもお花をもらったことがあるのね」

「はい。この前は、百合とマリーゴールドと、あと水仙です」

「そう。花の色も訊いてみてもいい？」

あたしが答えると、淑子さんは腕組みをした。それから、こう呟《つぶや》く。

「それから、ナスタチウムにゼラニウムだったわね。もしかして、カモミールもかしら」

「どうしてわかるんですか？」

驚いてあたしが目を瞬くと、淑子さんは困ったように首を傾《かし》げた。

「お茶会の時に、カモミールティーをすごく喜んでたみたいだったから……」

けれど、そう言ったあとで、淑子さんはなにか考えるように宙を見つめた。沈黙に耐え切れなくて、あたしは急いでこう言った。

「やっぱり、アルバイト勤めの男なんて真剣に考えない方がいいですよね。しっかりしてないし、安定してないし」

「ううん、そんなこと思ってないのよ。ただ……」

少し考えたあとで、淑子さんが顔を上げて、まったく違うことを話した。

「今日は、水曜日だったわね」

「ええ」

「ちょうどいいわね。あたしにいい考えがあるの。ねえ、咲羽子さん。もしよければ、おまじないをしてみない？」

「おまじない……ですか？」

「そう。水曜日は、わたしたちが持っているコミュニケーションの形を、新たな形に変えるのに向いた日なの。そのためには、なにかを犠牲《ぎせい》にすることもあるけど、今日得たものはきっとあなた自身を好転させてくれるわ。これは咲羽子さんが新しい一歩を踏み出すためのおまじないよ。あなたの魅力に気付いてくれる人が現れますようにと願いを込めた、香りのお守りはいかがかしら。ハーブを入れたサシェなんだけど」

「ありがとうございます。嬉しいです、すごく」

魔女の力をこんな風に借りれるなんて思っていなくて、あたしはすぐにそうお礼を言った。淑子さんは、こう答えた。

「そう、よかったわ。サシェをバッグの中に入れておけば、バッグを開くたびに香りを楽しめるのよ。できればいつも身に着けていてね……今回使うハーブは、レモンバーベナにしましょう」

「レモンバーベナ、ですか?」

「ええ。名前の通り、レモンに似た柑橘《かんきつ》系の爽《さわ》やかな香りがあるハーブなの。きっと咲羽子さんが好きな香りだわ」

「……」

虚を衝《つ》かれて、あたしは息を呑《の》んだ。淑子さんはすっと立ち上がった。そして、あたしの目をまっすぐに見つめる。

「咲羽子さんはスッキリとした香りが好きでしょう？　きっと本当は、花の甘い香りよりも」

知ってたんだ――淑子さんは、あたしの本当の好みを。

確かに、花屋で頑張ってる花輪に合わせるために、実際よりも花を好きな振りをしていた。花が身近にあれば、確かに気分が明るくなる。でも、虫を引きつけて受粉するという性質を持つ以上主張が強いし、花を大きく咲かせようと思ったら、葉や茎《くき》に栄養がいかないように気を付けなければならないものらしい。そういうある種の身勝手さって――あたしはちょっと引いてしまう。葉から漂う芳香《ほうこう》くらいが、たぶんちょうどいいんだ。

目を丸くしたままで、あたしは頷《うなず》いた。淑子さんは、また微笑んだ。

「新しい世界を開拓して好きになっていくことも大切だけど、今まで好きだったものも忘れる必要はないと思うわ。わたしは」

淑子さんは、リネンの袋をサテンのリボンで留めた可愛らしいサシェを商品棚《だな》から持ってきてくれた。お会計をして匂《にお》いを嗅《か》いでみると、確かに、爽やかな柑橘系の香りがほのかに鼻を抜けていった。

「レモンバーベナを身に着けていると、異性を惹《ひ》きつける魅力が増すといわれているわ。咲羽子さんは香水はあんまり付けないわね。でも、サシェから香るくらいだったら、主張が強すぎなくてちょうどいいんじゃないかしら」

淑子さんは、なにもかもお見通しだ。あたしは頷いて、淑子さんにお礼を言った。

「ありがとうございます、淑子さん。あたし……、頑張りますね」


それから少し時間を置いて、あたしはまた駅前の花屋に行くことにした。シンプルを通り越して殺風景《さつぷうけい》な一人暮らし部屋に、観葉植物を置きたい——なんていう言い訳を用意して。

「鶴見先輩、いらっしゃいませ！　この間あげた金魚草、どうでした？」

「部屋に飾ったら、ちょうどインテリアの雰囲気《ふんいき》に合っててよかったよ。部屋が明るくなったみたいだった。だから、今日は部屋の中にも植物を置きたいなと思って来たんだ。忙しくて家にはほとんど寝に帰ってるようなもんだから、せめて花でも咲いてたら気分変わるかなって」

「了解です！　花を咲かせやすいタイプの観葉植物なら、いいのがたくさんありますよ。ほら、この辺がおすすめです。鶴見先輩の好きそうな花をつけるのは、どれだったかな……」

「ありがと。ゆっくりでいいよ」

それから少しお客さんが続いて、花輪はそちらに接客にいった。店が落ち着くのを待とうと、あたしは観葉植物のコーナーを見てまわった。割れた植木鉢《うえきばち》を利用して作られた、妖精でも住んでいそうな小さな庭を模した多肉植物の寄せ植えがあったりして、こういうのを手作りするのもいいなあなんて思い始める。多肉植物が可愛いサイズの花をつけて、まるで天空に浮かぶ城みたいだ。

「あのアニメ映画、子供の頃憧れたんだよなぁ……」

ただし、憧れたのは男の子の方だ。

助けを求めて空から落ちてきた女の子を、あたしがあの男の子みたいに守るんだって……男勝《まさ》りなのは生まれつきか。……やっぱりあたしには、婚活なんてものは向いてないのかもしれない。女の子っぽい服を着て、男がやってきてくるのを待つなんて――。

そう思ってると、ふと、花屋のドアが開くベルの音が響いた。

「――あれ、光希《みき》？」

花輪の嬉しそうな声が響いて、びくっとなった。

おそるおそる目をやると、そこには、笑顔で女の子のお客さんを迎え入れる花輪の姿があった。その女の子は、とても華奢《きやしゃ》で、ふわふわした髪を長く伸ばして――女のあたしでも、思わず守ってあげたくなってしまうような雰囲気を持ってる人だった。あどけない笑顔を浮かべて、彼女は小走りに花輪に駆け寄った。

「裕典、お疲れ様。ごめん、ちょっと早く来ちゃった？」

他の店員に聞かれないようにか、彼女は小声で花輪にそう言った。近くにいたせいで、聞きたくないのに聞こえてしまった。

「いや、大丈夫。もうシフトの時間は終わってるから、あともうちょっとで上がり。それよりほら、プレゼントがあるんだ。どうぞ」

「あ、ありがとう。また花束作ってくれたんだね。上手《うま》くなってきたね、綺麗《きれい》」

「でしょ」

誇らしげに、花輪が胸を張る。

彼女に渡した花束の真ん中には、たくさんのバラが咲いていた。ガーベラにカーネーション、それから霞草《かすみそう》。どれも一度は見たことのあるような有名どころの花ばかりだった。愛らしいピンクや赤の花びらがヒラヒラとして華やかで、ラッピングペーパーも花を引き立てるようにピシリと決まっている。

その花束で、全部わかってしまった。

花輪があたしにくれる花は、いつも白や黄色やオレンジばかりだった。あたしが甘い色合いを好きじゃないからだと思ってたけど、違ったんだ。あたしは、目を見開いたまま固まった。

なんてことだろう――。

こんなに残酷《ざんこく》な答えの出し方って、ある？

すると、その瞬間、花輪と目が合ってしまった。花輪は、無邪気な笑顔で笑ってこっちに近付いてきた。

「鶴見先輩、コイツ、沢辺《さわべ》光希っていうんです。光希、鶴見先輩は俺と中学が一緒で、花が好きな人なんだ。だからよくうちのお店に来てくれて――」

花なんか、ちっとも好きじゃない。愛想笑いを浮かべるので、精いっぱいだった。


「ねえねえ、咲羽子ちゃん。あの花屋の彼とは最近どうなの？　なんか進展あった？」

見習い魔女たちは、揃《そろ》って嬉しい報告を聞きたい顔をしてる。なんだか他人事《ひとごと》みたいに感じて苦笑してしまった。あたしは、首を振ってさっくりとこう答えた。

「ううん、ダメ。全然ダメになっちゃった」

「え？　な、なんで？」

「彼女いたみたい」

あたしのたった一言で、フォローのしようもなくなって彼女たちは撃沈した。見習い魔女たちは、並んで黙り込んでいる。なんだか、お葬式みたいな空気だ。みんながあんまり心配そうなのが却《かえ》っておかしくて、あたしは、思わず噴き出してしまった。

「もう、みんなそんな顔しないでよ。あたし、別にそんなに落ち込んだわけじゃないよ。ほんと、なんでもないんだから。心配しないで、もう全然気にしてないから」

そうだ——こんなの、よくあることなんだし、みんなに気を遣《つか》わせるのも申し訳ない。だから、明るく語って笑い話にしてしまうのが一番いい。頭の中に、ぼんやりと花輪とあの可愛《かわい》い彼女の姿が思い浮かんだ。お似合いとしか言いようがないと、シンプルに思う。まあ、よかったんじゃない？

「……でも、恋はもう当分懲《こ》り懲《ご》り。面倒くさいことばっかりだし、花なんか大っ嫌い」

なにより一番面倒くさかったのは、他ならぬ自分自身だ。なんでもない出来事を大きく膨《ふく》らませて一日中悩んだり、交わした会話を頭の中で何度も繰り返したり——まるでメルヘンチックで現実的じゃなくて、自分がまるで知らない他人になってしまったみたいだった。それというのも花のせい、いや、花輪のせいなんだ。

花輪のことだって嫌いになりたいのに、なれなかった。アイツに悪気がなかったのはわかってる。ただあたしに、同じ地元の後輩として優しくしてくれてただけだったんだ。それは本当に尊《とうと》い優しさだし、あたしはそんなもん持ち合わせてない。尊重すべき長所だ。でも――誰にでも優しいって、誰にも優しくないってことで、とっても残酷だ。

すると、淑子さんがひょいっと顔を出した。

「それなら、こういうのはどう？」

淑子さんは、白い皿を持ってきた。その皿の上に載っていたのは――。

「わあ、綺麗……！」

淑子さんが持ってきてくれたのは、色とりどりの花がたくさん飾られた皿だった。サラダみたいに盛りつけられて、白い皿の上にすっと曲線を描くようにオレンジ色のドレッシングがかけられている。でも、飾りばかりで、肝心《かんじん》の食べられるレタスやなんかの緑が一枚もない。

「あの、これは……？」

「お花のサラダ。このお花たちは飾りじゃないの。エディブルフラワーといって、全部食べられるのよ。見た目が綺麗なだけじゃなくて、美容にもとてもよくて……。でもそんなことどうでもいいわね。花なんか、食べてやればいいのよ。食べて食べて、すっきりして忘れちゃいましょう」

ラベンダーの紫の小花やチューリップに加え、撫子《なでしこ》の繊細《せんさい》な花弁もまだみずみずしく光を弾いていた。小学校の花壇《かだん》でよく見かけた、紫や黄色のパンジーもある。これも食べられるんだ。……それから、憎たらしいカモミールやマリーゴールドやナスタチウムもあった。記憶の中の花輪が、売り物にもならない粗末な花束を持って笑ってる。なんだか、あたしまで笑えてきた。

「あはは、それいい！　淑子さん、ありがとう」

思い切りよく笑い声を立てて、あたしは花のサラダを食べ始めた。すると、仲間たちもみんな、まるでみんな戦場にでも行くみたいに気合いを入れて続いてくれた。

「そ……、そうですね。ここはもう食べましょうっ」

「そうよ、人間最後はみんな食べることしか楽しみがなくなるのよ。あたし、食べるの大好き」

「わたしも大好きよ、智子さん」

淑子さんは笑って、エディブルフラワーを使ったたくさんの料理を出してくれた。ゼリーに、花を浮かべた蜂蜜《はちみつ》入りの赤ワイン、それから花が飾られたたっぷりのバニラアイス。そのどれもこれもが、悔しいくらいに綺麗で可愛くて、そして、とびきりに美味《おい》しかった。

見習い魔女たちが楽しげにお喋《しゃべ》りする中で、隣に座ってくれた淑子さんにあたしは訊いてみた。

「……淑子さんは、気が付いていたんですか？　花輪に恋人がいること」

「そうね……。そうかもしれないなとは思ったわ」

複雑そうに、淑子さんは頷《うなず》いた。どうして、と視線を送ると、淑子さんは続けた。

「最初に引っかかったのは、花言葉ね。彼が選んだ花の中には、愛や恋に関する花言葉のものが一つもなかったから……。たとえば、ゼラニウムなら『真の友情』というようにね。お花屋さんに勧めるような男性なら、花言葉にも気をまわすものだわ。それに……、彼はきっとバラを育てていたんじゃないかしら？」

あたしは、花輪が彼女にプレゼントした花束を思い出した。確かに、あの花束のメインを飾っていたのは綺麗な赤いバラだった。

「カモミールもマリーゴールドも、それからナスタチウムも、バラのコンパニオンプランツとしてよく育てられるのよ。コンパニオンプランツっていうのは、一緒に育てると良い効果を与えてくれる植物のことで、アブラムシなんかの害虫を引き寄せて、バラの生育を助けるの」

「そうだったんですね……」

花輪があたしにくれたささやかな花たちは、彼女のためのバラを綺麗に咲かせたのだ。

あたしって、まるでピエロみたいだ。曲も始まらないうちに一人だけ妄想の中でくるくる踊って、気が付いた時には彼は他の魅力的な女の子と笑い合ってしっとりとしたラブソングでペアダンスを踊っていた。あたしなんか、花輪の恋愛ストーリーの隅っこにも登場してない。始まる前に全部終わってしまった。

「金魚草も、もしかして変な花言葉なんですか？　笑っちゃうんです。アイツに彼女がいるって知った日、家に帰ったら、枯れた金魚草の花びらがドクロみたいに見えて……」

あははと笑おうと思ったのに、笑い声が出なかった。

代わりに、一人暮らしの部屋の床にドクロみたいな花がいくつも落ちて、不吉で仕方ない光景が瞼《まぶた》の裏にちらつく。

口に入れたマリーゴールドはとても苦くて、赤ワインで流した。赤ワインのアルコールがまわってきて、どのエディブルフラワーもとても美味しいはずなのに、どんどん泣けてくる。ぽろぽろと涙が零れたけど、みんな気付かない振りしてくれた。淑子さんが、小さな手で優しくあたしの肩を抱いてくれた。智子さんのたくましい腕が、そのさらに上から大きく乗っかってくる。あたしは、やっぱり女同士っていいなと思った。

泣いて泣いてスッキリして、あたしは花輪の店に立っていた。

「いらっしゃいませ、鶴見先輩」

接客をひと段落させてから、花輪がこちらに駆け寄ってきた。こういう仕草はそのまま——だけど、いつの間にか気付かないうちに、この花屋で彼は立派な戦力として活躍していた。……でも、もうそんなのも他人事《ひとごと》。あたしには、全然ちっとも関係ない。

あたしは、花輪にこう言った。

「迷ってたんだけど、やっぱり部屋に飾る植物を買おうと思って。これ」

差し出したのは、飾りっ気がなくて世話も難しくない、でも小さな可愛い葉がたくさん茂るアジアンタムだ。それも——淑子さんに教わったハンギングバスケットの育て方を応用して、部屋でハンギングとして育てるつもりだ。

困ったように、花輪は観葉植物を見た。

「え……？　でも、アジアンタムってシダ類だから、花を付けないですよ」

「いいの。あたし、グリーン好きだから。……それじゃ、彼女と幸せにね。仕事一生懸命頑張るんだよ」

あたしが笑って背中をバシバシ叩くと、花輪は照れたように苦笑した。

「鶴見先輩には敵《かな》わないなあ。また来てくださいね、待ってますから」

「はいはい」

相変わらず底意のまったくない笑顔を浮かべて、花輪は手を振ってくれた。

花屋に背を向けて、あたしも歩き出す。

もう、これで悲しむのはおしまい。

明日からは、自分らしく暮らそう。花はなくても、グリーンだって綺麗だし、目にだって心にだって優しいし、それにコツさえ摑《つか》めば世話も難しくない。いいことずくめじゃない。

よく晴れ渡った空を見上げて、あたしは大きく深呼吸した。告白もデートもできずに片思いが終わったって、世界が終わるわけじゃない。全然、終わるわけじゃない。


一人カラオケでも行ってやろうかと思って駅前にある大きな公園を突っ切ってると、ふと、噴水の淵に一匹の黒猫が丸くなっているのが見えた。黒猫屋の看板を思い出して、あたしはちょっと笑った。もしかして、黒猫屋の猫君？　……いや、そんなわけないか。

でも、なぜだか心惹《ひ》かれて、とりあえず近付いてみることにした。人に慣れているのか特に逃げる様子もない猫の背中を撫《な》でると、ニャーオと間延びした声を聞かせてくれた。

思わず微笑《ほほえ》んで、首輪の有無を確認してみようとすると——その時、ふいに誰かがこちらに歩み寄ってくるのに気がついた。

「——あの、すみません。もしかして、あの……」

ちょっと遠くで立ち止まってから、その人は遠慮《えんりょ》がちにそう声をかけてきた。

「？」

なんだろうと思って、あたしは首を傾《かし》げた。そこには、三十代半ばくらいの年齢のスーツを着た男が立っていた。

「ああ、やっぱり鶴見さんでしたか」

「え？」

急に名前を呼ばれて、あたしは目を丸くした。その男は、やっぱり遠慮がちな口調でこう続けた。

「覚えてないですか。ほら、先月までお世話になってた……」

あたしは、その男の顔をじっと見て、首を傾げた。確かに、見覚えがあるような気がする。それから声も。少し考えて、あたしははっと思い出した。

「あれ、もしかして、小野《おの》さん？」

「そう、そうです！　小野です！」

彼は、ぱっと嬉しそうな笑顔に変わった。

「鶴見さん、お久しぶりですね」

「なんだ、小野さんだったのね。スーツを着てたから全然わからなかったわ。ああ、ビックリした」

彼は、あたしの勤めてる病院に先月まで治療で通ってきていた男だ。いつも私服姿だからスーツのイメージがなくて、ちっともわからなかった。

小野さんは、薄くなり始めた頭を掻《か》いて、あたしに頭を下げた。

「お元気そうでなによりです」

「あはは、まるでこっちが患者みたいね。小野さんもすっかり元気そうでよかったです。偶然ですね」

「ええ、ちょっと仕事で立ち寄ったんです。まさかこんなところで会えるとは思いませんでした」

「あれから、不調はないですか?」

「おかげさまで、すっかりいいです」

「よかったですね」

「はい、よかったです」

よかったよかったと、まるでめでたい席みたいに続け合って、そこで会話が途切れた。いつまで経っても小野さんが去ろうとしないので、あたしは先にぺこりと会釈《えしゃく》をした。

「それじゃ、また」

「そうですね、また……」

そう言いかけてから、小野さんは思いきったようにあたしを見た。

「いや、あの……。実は、せっかくなので、鶴見さんさえよければ、このあと少しお茶でもと思って声をかけたんです」

「え、ええっ……？」

急に言われて、あたしは目を白黒させた。小野さんは、慌てたようにポケットからスマートフォンを取り出した。

「すみません、急にお誘いしてしまって。なにか予定がありましたか」

「いえ、そんなことは……」

お互いに気まずくなって、今度は『すみません』を連呼し合って、なんだかよくわからなくなってきた。また会話が途切れて、ふと、小野さんがあたしの手元を指さした。

「それ、家に飾るんですか？」

「え？」

「ほら、観葉植物」

「あ、はい。そうなんです、あたしの家、飾りっ気がなさすぎるから緑くらい欲しいなと思って」

そのまま小野さんの勤めるオフィスに飾ってある観葉植物の話になって、グリーンが好きだという話で盛り上がって、いつの間にかいなくなっていたさっきの黒猫の話もして、それから……、気が付いたら小野さんとお茶どころかランチまでしていた。こんなことも、あるもんだ。

しばらく経って、別れ際、

「それじゃ、失礼ですが、あらためて連絡先を聞いてもいいですか？　鶴見さん」

恐縮しながら小野さんはあたしにそう言った。さすがに、この言葉の意味がわからないほど子供じゃない。本当のところは、こんなことはほとんど経験したことがなかったんだけど——あたしは大人ぶって澄ました顔をした。

「やだなあ。そのくらい失礼じゃありませんよ」

そう答えて、バッグから出したスマートフォンのケースから、ふいに芳香《ほうこう》が漂った。す

っきりとして爽《さわ》やかで、飾りっ気がそうあるわけじゃない。でも、それが今のあたしには
しっくりきて、心地いい——レモンバーベナの香りだ。
あたしは、思わず目を瞬いた。それから、淑子さんが教えてくれたお守りの効能をまる
まる思い出してしまった自分自身に苦笑して——。あたしは、小心者の胸に湧いたちっぽ
けな勇気を振り絞《しぼ》ることにした。
「……でも、あの……。すごくびっくりしたけど、とても楽しかったです。今日はありが
とうございました、小野さん」
やっとのことで男の人に対して素直な気持ちを口にできたのに、それはとても小さな声
になってしまった。けど、それでも小野さんは嬉しそうな顔をしてくれた。何度も『ま
た』とお互い言い合って、あたしは小野さんと別れた。世界中で一番冴えない女みたいだ
ったあたしに声をかけてくれた小野さんの背中が、まるで仏みたいに見えた。
少し楽しくなった今日という日だけに感謝して、多くを望むのはよそう。今日はまだま
だ忙しい。アジアンタムをハンギングで育てるために、やることがたくさんあるのだ。勝
手に持ち上がる頰《ほお》には気付かずに、あたしは一人家へと帰った。

第四話

木曜日の闇夜

―死者からのメッセージ―

晴れた日には、いつも佑哉《ゆうや》のことを思い出す。

七月の空は青さに満ちて、まさに真夏の暑さだった。教室の中は空調が効いているが、外は地獄だ。灼熱《しやくねつ》地獄。こんな日は佑哉に特によく似合ってて、だから佑哉に……。

「なあ、青崎《あおさき》！」

校庭に揺らがせる陽炎《かげろう》を眺めてると、同じ高校一年のクラスメイトの石田博一《いしだひろかず》がしつこく詰め寄ってきた。

「頼むよ、な？　行ってみようぜ。面白そうじゃん、魔女の館」

「魔女の館ねえ。おまえ、そんなん好きだったっけ？」

そう突っ込むと、石田は素直に認めた。

「だってさぁ、しょうがねえじゃん。夕木《ゆうき》と野村《のむら》さんは親友だし、野村さんはそういうのが好きみたいだし、――なにより誘われちゃったんだからさ」

にやけ笑いになって、石田がそう言った。石田は同じクラスの夕木佐織《さおり》と一週間前から付き合い始めて、あとはコイツの言った通り。夕木と仲良しの野村成美《なるみ》がどこかで噂《うわさ》を聞きつけてきた、魔女の館にみんなで行ってみようという話になったのだ。

実にくだらないが、乗りとしては完全に肝試《きもだめ》しだ。ターゲットは、地元にある都市伝説の隠れた名所ってわけ。

「なあ、俺一人で女子二人の輪に入る自信ないんだよ。でも、案外面白いかもよ？　野村さんが言うには、その魔女はホンモノかもしれないって。なんでも願いを叶えてくれるし、嫌いな奴は念じるだけで蹴落《けお》とせるし、死んだ人間の幽霊と交信もできるし」

「魔法か呪いか霊感か、どれなんだよ……でもさ、その魔女の館って、いつやってるかわかんないんだろ？」

「一応、イベント的なのは定期的にやってるらしいんだけど、それ平日なんだってさ。それ以外は営業時間がよくわかんないみたいで……。だけど、さすがに四人で学校サボってくわけにも行かないしなぁ」

「ふーん、イベントねえ。わざわざ休みの日に四人がかりで行って『閉店お帰り下さい』じゃ、空気固まるんじゃないの」

「それは、まあ……」

本音は魔女より初彼女な石田は、だらっと机に倒れ込んだ。

「なに、それも男《おれ》のせいになっちゃうわけ？　めんどくさっ！」

ちらっと石田の横顔を確認すると、思った通り緩み切ってる。これは愚痴《ぐち》じゃなくて惚《のろ》気《け》だな。わかりやすい奴め。夕木佐織は可愛《かわい》い。クラスでも一、二を争う。友達の野村は地味だけど。

「んじゃさぁ、俺が下見してきてやろうか?」

「え?」

「だからさ、平日に授業サボって、その魔女の住処《すみか》に」

「魔女の館な……え、マジで!?」

「おう」

「え、マジで!?」

アホの石田は二度同じ質問を繰り返した。

「青崎、おまえいい奴すぎ! ……てか、なんで?」

さすがに怪訝《けげん》に思ったのか、石田が首を傾《かし》げた。確かに、いくら友達のためだからってそこまでする奴がいたら、石田よりアホだ。俺は、石田の肩を叩いた。

「学校サボる口実。それしかないじゃん」

「あー……。でもやっぱ悪いよ」

「いいよ。どうせ出席日数は足りてるし。気にすんなって」

まだ石田は変な顔をしてるが、説明してもわからないだろう。学業成績は低空飛行を極めようと思っていたはずが、この間あったテストで、ちょっといい点を取りすぎたところだ。ちょうどいい。あんまり好成績を修めたくないのだ、俺としては。佑哉は勉強が好きじゃなかったけど、それでも佑哉を抜くのは嫌だった。佑哉は、俺のヒーローだから。

四歳年上の兄の青崎佑哉が死んだのは、二年半前のことだ。

本当に突然のことだった。今でも耳に残ってる。あの日の前日にも、いつもと同じやりとりをしたのだ。

「おい、颯介《そうすけ》！　外出ろよ、サッカー教えてやるからさ」

それは、佑哉の口癖《くちぐせ》だった。呆《あき》れて俺は佑哉を見返した。

「今からぁ？　本気かよ。大事な試合が近いんだろ」

「だからさ、俺追い詰められてんの。たまにはストレス解消に付き合ってくれたっていいじゃん」

試合前の緊張なんか無縁の性格をしているくせに、佑哉はそう言った。佑哉は生まれついてのサッカー馬鹿だ。サッカーで受けたストレスをサッカーで解消する、なんていうコペルニクスも真っ青になりそうな説を平気で唱える。サッカーをアホほど愛する兄の誘いを、俺はいつものごとく断った。

「俺はいいよ。佑哉が練習してるとこ、横で見ててやっからさ」

「なんで?」

「なんだよ、サッカー通《つう》のくせに知らないの? サッカー見るのってすげえ楽しいんだぜ」

「そりゃ見るのも楽しいけどさ、やった方が百倍楽しいのになぁ」

そんなアホ丸出しな会話をしたあと、本当に佑哉にくっついて、俺は練習を見に行った。これも、いつものことだった。

サッカーの次に弟を可愛がっていた佑哉は、ゴールを決めるといつも俺を探して親指を立ててくれた。小学生の俺が上の学年の馬鹿に小突かれてるのを見つけた時には、ボールを追いかけるのと同じ速さで駆けつけてくれた。相手を圧倒してても苦戦してても、いつでもボールを追いかけてる佑哉は笑ってた。

佑哉は、自分がサッカーにガンガン打ち込んでれば、いつかは弟の俺もサッカーを始めるもんだと思ってたらしい。だけど、そんなことはいつまでも起こらなかった。だって――俺は本当に佑哉のサッカーを見るのを楽しんでたから。大概《たいがい》の場合いつでも最後は勝ったし、佑哉はとても強かった。

ちなみに、俺だけじゃなくて、この辺のサッカー小僧たちのヒーローでもあったみたいだ。あのアホの石田と最初に会った時も訊かれたんだった。『もしかして、青崎佑哉の弟？』と。佑哉と同じサッカー馬鹿の石田が言うには、俺と佑哉はよく似てるそうだ。石田とは高校からのまだ浅い付き合いだけど、妙に馬が合うのは、同じように青崎佑哉を好きだからかもしれなかった。

今でも時々思う。インドア派だろうがなんだろうが、あんなにしつこく誘ってきたんだから、ちょっとぐらい一緒にやってやればよかった。やらないならやらないなりに、その理由を説明するんでもよかった。なのに、そのどっちも俺はしなかった。真面目《まじめ》くさって話すのは照れくさかったし、どうせ言っても勧誘は諦めないだろうから、無駄だと思って――無駄だったとしても佑哉は喜んだかもしれないのに。佑哉は、いつでも俺に優しかったのに。俺が恥ずかしいかどうかなんか、どうでもよかったのに。

記憶の中に取り残された佑哉はもう変化することがなく、いつも笑っている。今日の青空のような笑顔で。

「魔女の館か……」

本気で行ってみるつもりだった。

魔女が開くイベントとやらがあると石田は言っていたが、それは、いったいどんなものなのだろう。みんなで黒いマントでも着て魔方陣を囲むのか、それとも――……。石田に詳細を聞き出した噂の内容を思い出しながら、学校帰りの道すがら、魔女の館来訪計画を俺は練《ね》り始めた。

夕暮れ時になって、石田の極めて頼りない所在地情報からようやく俺は魔女の館を探り当てた。門の全面を覆《おお》うのは、今にも流れ出そうとしている滝みたいな緑だった。なんというか、凄《すご》い勢いだ。その中で、無数のバラがみごとに花開いている。

門の前には、スカートを穿《は》いた小柄な女性が立ってる。老人だ。背筋はしゃんとしてるけど、花の形をした髪留めが飾られた頭は真っ白だった。

その婆《ばあ》さんは、皺々《しわしわ》の手で門に提《さ》がった看板らしきものに触れている。

「すんません、もうおしまいですか？」

俺がそう声をかけると、夕日を受けて、その婆さんは振り返った。

「あら、お客様かしら」

年老いたその顔に、くしゃっと笑い皺が寄る。小柄で華奢《きゃしゃ》だけど、人の好さそうな婆さんだ。よく見ると鼻筋が通って彫りが深い顔立ちをしている。目の色も、どこか日本人離れしている淡いグレーだった。その割に流暢《りゅうちょう》な日本語で喋《しゃべ》り、その人は首を傾げた。

「でも、ごめんなさいね。今日はもうお店を閉めるところなのよ」

「やっぱりですか」

予想通りだったので特にがっかりもすることもなく、俺は門に提がった看板を見た。柔らかい色合いの木枠《きわく》に入ったガラスの看板には、本物の鈴が首についた黒猫がぽつんと座っていた。黒猫のキラキラ光る両眼には、いったいどんな塗料が使われているのだろう。くるくると蔦《つた》のように這《は》う文字で『魔女の魔法あります　ｗｅｌｃｏｍｅ　街の小さな雑貨店　黒猫屋《くろねこや》』と書かれている。他には、なんの飾りもない。魔女の館の正式名称は、黒猫屋というのか。門の向こうには、洋風のレンガ造りの家が見えた。

「実は、友達からここの噂を聞いてきたんです。ソイツが言うには……」

失礼にならない程度のニュアンスで説明すると、その婆さんは笑って奥の家に入り、それから一枚の紙を持って戻ってきてくれた。

「そういうことなら、もしよければ、まずはこのお茶会に参加してみない？　きっと楽しいと思うから、来てくれたらとても嬉しいんだけれど」

魔女らしさの片鱗《へんりん》も見せずに、その人は穏やかに言った。

彼女の名前は、淑子《としこ》さんといった。

――来るんじゃなかった。

実際にお茶会とやらに参加してみて、痛烈にそう思った。とにかく場違い感が半端ない。『街の小さな雑貨店　黒猫屋』にぞくぞく集まってくるのは、来る奴来る奴全員が女で、しかも年上だった。それも、一歳や二歳じゃきかないほどの。女が多いだろうとは思っていたが、まさか男が俺だけとは考えていなかった。

好奇の目で見てくる女たちに囲まれて、とりあえず俺は頭を下げた。

「あー、青崎颯介です。どうも」

高校一年生です。そう言いかけて、口をつぐむ。

平日の真っ昼間に、こんなところにいていい身分じゃない。ごまかすために咳払《せきばら》いすると、まわりから『おおー』とよくわからない歓声が上がった。女たちは、顔を見合わせながらもまばらに手を叩いている。

参加者の女たちはそれぞれ名前を教えてくれたが、年齢は誰一人言わなかった。女同士だからなのか、それとも、この黒猫屋の暗黙のルールなんだろうか。

「これからよろしくね、青崎君。この魔女のお茶会に男の子が来るのって初めてだから、なんだか緊張しちゃうけど」

隣に座っている持藤《もちどう》奈津《なつ》という名前のおとなしそうな女が、そう言って頭を下げてきた。

彼女はこの中ではまだ年齢が近そうだ。なんだか親戚《しんせき》のお姉さんみたいだが、この口振りから察するに、ビシビシ感じるこのアウェイ感は俺の早とちりじゃなさそうだ。

「男が来るのは初めてなんですか」

「うん。青崎君は、魔女とか魔法とかに興味があるの？」

「いや、そういうわけでもないんですけど。とにかく、こういうの慣れてなくて」

「なら、あたしも一緒だよ。大丈夫。あたしも最初はそこまで興味なかったんだけど、今、少しずつ勉強してるところなんだ。あたしたち、ほとんどお喋《しゃべ》りしてるだけだし、女の人ばっかりだけどみんな優しいから安心してね。あたしも人見知りな性格で最初は心配だったけど……」

「はぁ……」

別に俺は人見知りじゃないんだが。

奈津さんは親切そうだけど、その語り口はどこか頼りない。まるで、新興宗教か怪しげなセラピーの勧誘みたいだ。奈津さんの放つおっかなびっくりな感じが、それを増長させてるのかもしれない。

彼女に、『魔法で人生救われましたか？』とでも訊いてやろうか……いや、でも、たとえ答えがイエスだとしても、馬鹿にする気にはなれない。なんでもいいから助けてくれるものに縋《すが》りたくなる気持ちは誰にでもある。俺にもある。

「そっか。それじゃ、青崎君はこれから毎回参加してくれるってわけでもないんだね」

今度は、鶴見咲羽子《つるみさわこ》というショートヘアの女が声をかけてきた。奈津さんよりさらに年上で、さっぱりした話し方をする人だ。

「でも、たまには顔を出してみなよ。案外楽しいもんだよ。ねえ、奈津さん」

まわりに気配りを欠かさないタイプらしい咲羽子さんは、俺の隣に座っている奈津さんをさりげなくフォローするみたいにそう言った。あんまり注目されたり延々気を遣《つか》われるのもなんなので、とりあえず俺はこう答えた。

「今後のことはわかりませんけど、まあ、時によりますかね。予定は未定ということで、暇な時は顔出すようにします……とりあえずこんなところでいいですかね？　淑子さん」

俺がちらっと目をやると、淑子さんはにこりと微笑《ほほえ》んだ。

「ええ、とってもいい答えだったんじゃないかしら。どう？　颯介君。わたしのお茶会に初めて参加してみた感想は」

「びっくりしましたよ、そりゃあ。この会、見事に女だらけ……女性ばかりだから」

肩をすくめてそう言うと、まわりからドッと笑いが起こった。狙ったわけじゃないが、笑いを取れたとポジティブに取っておくか。

笑い声がひと段落するタイミングを見計らって、淑子さんがこう言った。

「あなたにも楽しんでもらえたら嬉しいわ。それじゃ、今日はキッチンハーブをみんなで作りましょうね」

「はぁい、淑子さん」

　俺に対してぐいぐい視線を注いできていたさっきまでとは打って変わって、女たちは素直に返事をした。淑子さんは、集まった面々を満遍《まんべん》なく見渡して、こう続けた。

「キッチンハーブといえば、家庭菜園で育てると連想するわよね。ヨーロッパでは家庭菜園の歴史は古いのよ。イギリス風のキッチンガーデンは収穫重視に作られてるし、フランス流はポタジェと言って、見た目の美しさも大切にしてるわ。でも、家庭菜園を本格的にやろうと思うと大変よね。だから、今回はキッチンに置いておけるちょっとしたのをね。それじゃ、ちょっとこれを見てくれる?」

　さっきからテーブルの上で待機しているプランターを、淑子さんは示した。白いペンキで塗られたブリキ製のプランターには、生き生きとした緑が茂っていた。見た目だけでわかるのは、バジルとルッコラくらいか。今すぐこの場で毟《むし》って食べられそうなみずみずしさだ。

「わたしはこのハーブの寄せ植えをキッチンに置いているの。料理やお菓子作りによく使うハーブをキッチンで栽培《さいばい》しておくと、とても便利なのよ。いつでも使いたい時に新鮮なハーブを使えるし、目や心を癒《いや》す効果に加えて、ハーブのいい香りにはリフレッシュ効果もあるから、キッチンに立つのがきっと楽しみになるわ。でも、水を遣《や》る時に土が流れたりするし、虫も寄ってくるから、管理がちょっと面倒なのよね。だから、今回はさらに手軽に——水耕栽培を勉強しましょう」

淑子さんに渡された黒猫屋の案内に書いてあった通りだ。確かに、手書きで添えられた本日のテーマは『水耕栽培』だった。俺は、淑子さんが続きを話すのを待った。

「今日は各自に道具の用意をお願いしたけど、みんな持ってきたかしら?」

「はい」

それぞれ返事をして、参加者の女たちは荷物に手を伸ばした。俺も同じようにしてから顔を上げてみて、ぎょっとした。女たちは、それぞれ凝《こ》った形をした愛らしいガラスの瓶《びん》やらブリキの小さなバケツやらを取り出していた。なんだそれは。

「それ、可愛《かわい》いねえ」

「そっちも素敵ですよ」

女どもは、妙に楽しそうにお互いの持ち出した小洒落《こじゃれ》た容器を褒《ほ》め合ってる。

淑子さんからもらった案内の紙には、水耕栽培に使う容器はなんでもいいと書いてあった。例に挙げられていたのは、飲み終わったあとのペットボトル。だから、素直にそこの自販機で買って中味を一気飲みして持ってきたんだが、……蓋《ふた》を開けてみれば、空《から》のペットボトルなんか持ってきてるのは俺だけだった。これが女子か。女子力なのか。

目を細めている俺を見て、淑子さんが困ったように笑った。

「まあ、インテリア性も大事だけど、実用的なことがなによりよ。それじゃあ作業を開始しましょうか。今回の水耕栽培で育ててみるのは、ミントよ。一般的に、水耕栽培は土で育てるより植物が弱くなりがちと言われているわ。その点、ミントなら生命力が強いから、地植えの際には注意が必要だけど、その分水耕栽培でも頑張ってくれるのよ。ミントのスッキリとした香りは気分転換するのにピッタリだし、摘《つ》みたての葉をフレッシュハーブティーにしても美味《おい》しいわ。奈津さん、用意はできた？」

「はい、淑子さん」

淑子さんに頼まれて黒猫屋の奥へと続くドアに引っ込んでいた奈津さんが、たくさんのガラスのコップを持ってきた。そのどれにもたっぷりと水が満たされ、葉の茂った草の苗が差されていた。水に浸かっている茎《くき》の下の方からは、白髪《しらが》ねぎのような根がモジャモジャと生えてきている。俺は、小学校の時に球根を育てたヒヤシンスを思い出した。

「ありがとう、奈津さん。ミントなら種からでも水耕栽培できるけど、このくらい生長させてからの方がすぐに香りも楽しめるし、育てやすいわ。こっちはスペアミントで、こっちがペパーミントよ。スペアミントは、比較的香りが柔らかくて料理やスイーツ作りに向いてるわ。ペパーミントはスペアミントよりも香りが強いから、ドリンク作りをするのにおすすめよ。みんな、好きな方を選んでね」

淑子さんに勧められて、みんながコップを選び始める。スペアミントの苗を手に取ってみると、淑子さんがこう言った。

「スペアミントは、葉の形が槍《スピア》に似てることからその名が付いたのよ。ペパーミントはスペアミントとウォーターミントの交雑種で、葉は少し丸みを帯びてるの。ペパーミントの名前はそのまま、胡椒《ペッパー》から来ているわ。味にちょっと辛《から》みが効いてるのよね。試しに葉を一枚味見してみてもいいわね」

その説明に、スペアミントに鼻を当ててみる。チョコミントアイスの匂《にお》いがして、目が丸くなった。思わず葉をかじってみると、チョコがないのにそのままのチョコミント味がした。ペパーミントの方は、確かにピリッとした味が舌に残る。少し考えて、俺はペパーミントを選んだ。味がこちらの方が締まっている気がしたし、単純に好みだった。

「水耕栽培用の培地は、専用の小石が売っているし、スポンジを使うのも便利よ。植物に虫や病気が寄りつきにくくなるわ。培地に苗を差して、液肥《えきひ》に根が届くようにしてあげて。

液肥はちゃんと定期的に替えるのよ」

淑子さんの教えてくれるままに、ペットボトルをカッターで切り、飲み口を逆さにして下の部分に重ねる。根に光が当たらないように、ペットボトルの底部を銀紙で包んで――まるで、小学校の図画工作みたいだ。

こうして完成した俺のペットボトル製の水耕栽培は、……果てしなく貧乏くさかった。銀紙やギザギザと不揃《ふぞろ》いなペットボトルの切り口が、特にショボさに拍車をかけている。キッチンハーブというからには、もっと洋風なイメージかと思ったが、出来上がったものはまるで違った。

けれど、まわりの女たちが作ったものを見ると、なるほど、カラフルな瓶を飾る鮮烈な緑の少々皺《しわ》っぽい葉は、確かにインテリアのようだった。あれなら、キッチンに置きたくなる気持ちもわかる。

「他のハーブ同様に、ミントの葉にもいろんな効果があるわ。虫よけの効果もあるし、消臭効果も期待できるのよ。玄関に一輪挿しにでもして飾っても素敵ね」

淑子さんが、そう説明してくれた。ちなみにまわりの魔女見習いたちは、スマートフォンを取り出してパシャパシャやってる。あれをSNSにアップして、夜になったらまたお互いに『いいね』を付け合うんだろうか。なんというか、付いていけない。

それにしても、これが本当に魔女の集会なんだろうか。どう見ても、単なる女どものかしましい寄り合いにしか思えないが――。なんとか作業を終えて、淑子さんに頭を下げて黒猫屋を出た。


家に帰っても、誰もいなかった。いつものことだ。

佑哉がいた頃は、合宿があれば大荷物を抱えて母さんが送っていったし、遠征試合にはみんなで応援に行ったもんだ。我が家を照らす電灯みたいだった奴が急にいなくなったのだ。家だって暗くもなる。母さんも父さんも、佑哉のいなくなったこの家を避けるように、深夜近くまで帰らない。

だんだん目立ってきたビール腹を気にする父さんと、ダイエットにいつも失敗する母さん、それに高校二年生の佑哉、そして中一の俺。――青崎家にとっては、あの頃が一番幸せだったんだと思う。でも、あれからもう二年半も経つ。あれからずっと、なにも盛り上がることがないままに。

「……さて、と。それじゃ、作ってみっか」

ミントと聞いて、挑戦したい飲み物があった。モヒートだ。ラム酒をベースとしたカクテルで、ウィキペディアによると、キューバのハバナが発祥の地らしい。用意するのは、炭酸水に砂糖と氷とライムの絞り汁、それからもちろんミントだ。ノンアルコールなら、これを冷やしたグラスに注いでマドラーでよく混ぜて——完成。我ながら、いい出来だ。

なんとなくの思いつきでキッチンに立つようになったのは、一年ほど前のことだ。佑哉の奴は料理なんかちっとも興味を持ってなかった。だから、俺は料理を始めたんだ。あいつなら絶対挑戦しようとすら思わない料理を、今では立派に極めている。バジルだのルッコラだののハーブの種類も多少は知ってるし、今さら砂糖がどこだマドラーがどこだなんていう風にしまい場所を探すこともない。

モヒートは、夏らしいスッキリとしたいい味だった。グラスを傾けて、ふと淑子さんの言葉を思い出した。ミントの香りには、気分転換できる効果があると彼女は言っていた。

「気分転換か……」

転換点なら、いつでも待ち望んでいる。俺だけじゃない。この家全体がだ。前に進むためには、なにか新しいことをしなければならない。けれど、なにをすればいいのかわからない。

記憶の中の佑哉が、俺に言う。

「そりゃ見るのも楽しいけどさ、やった方が百倍楽しいのになぁ」
——俺がサッカーやらない理由ならさ、簡単だよ。俺の夢は、いつだって佑哉だったから、その夢のどんなに隅っこでも自分が登場するのは嫌だったんだ。ほら、俺がちょっとデカくなった頃には、もうおまえはほんとに有名だったじゃん。『あれ、俺の兄貴なんだぜ』ってまわりに言ったりしてさ、すっげえ自慢だったんだぜ？　あの頃から、俺は、もう一緒にサッカーやろうとか、肩を並べてやろうなんて発想もないくらいに、佑哉がやるサッカーを見るのが大好きだったんだよ。俺はおまえの一番のファンだからさ、佑哉が主役である限り応援役でいようって決めてたんだ。俺にとって、佑哉《おまえ》は本当にヒーローなんだよ。

こんな恥ずかしいこと、本人に言えるか？　……だけど、今は後悔してる。言えばよかった。馬鹿みたいだって笑われてもいいじゃないか。言えばよかった。あんなに佑哉は優しかったのに。

信号無視して突っ込んできたバイクにはねられて、佑哉は持ってたサッカーボールと一緒にどこか知らない場所へ行ってしまった。あの日が最期だなんて知らなかったから、さよならとも元気でとも言うことはできなかった。チャンスは別れの前日にもあったのに、俺は馬鹿だ——言えばよかったのに。

二階の自室に行こうとしたところで、会社帰りの母さんとかち合った。しまったと思った。でももう遅い。努めてなにげない風を装って、俺は母さんに声をかけた。

「お帰り。飯は？」

いつも喪服《もふく》のような黒い服ばかり着ている母さんは、歳《とし》よりずっと老けて見えた。肉が落ちてげっそりした頬《ほお》を少しも動かさずに、母さんは俺にこう答えた。

「食べてきたから大丈夫よ。颯ちゃんにも、ちゃんとお金渡してるでしょ。別にわざわざ手作りしなくても……」

「いいんだよ、暇だから」

俺がそう言うと、同じ家にいるのにとても遠くにいるような顔で、母さんは申し訳なさそうに目を伏せた。でも、これがある日はまだいい日だ。無感動な日は、胸が張り裂けそうになる。

「それじゃ、俺、二階行くから」

「うん。……ありがとう。颯ちゃん」

お礼があったのは久しぶりだ。母さんは、凄く凄く努力している。カタツムリが這《は》うより遅いけれど、ゆっくり進んできている。いつも、今日この瞬間だって。そのことは、俺もよく理解している。

「もののついでだから」

でも、会話は極力短く。一緒の空間に長くいると、俺たちは、必ず感情をぶつけ合うことになってしまう。わかり合うためならそれでもいいのかもしれないが、俺と母さんの場合はただ辛《つら》いだけだ。それも、……主には、いつも最後は自分を責める母さんの方ばかりが。

けれど、階段を登ったところで、小さな悲鳴が聞こえた。予感がして戻ってみると、キッチン灯の光がぼんやりと廊下《ろうか》を照らしていた。

ぶつぶつ途切れながら光るキッチン灯の中で、ミントの水耕栽培《さいばい》が床に投げ捨てられていた。その傍《かたわ》らに、蒼白になった母さんがいた。

「母さん……」

「ごめんなさい。颯ちゃん、これ、あなたのよね？　お母さん、びっくりして落としちゃったの」

母さんは、顔を床につけるようにして何度も雑巾を擦りつけていた。長く伸びた母さんの髪が、床を何度も行き来してる。

いつか、母さんは言っていた。『家の中だけはなにも変えないで』――と。母さんは、家の中を佑哉が生きていた頃のままにしておきたいのだ。

床に話しかけるようにして、母さんは小さな声で何度も謝った。

「ごめんね。ごめんなさい。お母さん、変よね。おかしいよね。でも、どうしてもダメなの。おかしくなっちゃうの。ごめんね。ごめんなさい……」

繰り返される謝罪。わかってる。本当は母さんは、きっと衝動的に自分でミントの水耕栽培を落としたのだ。家の中をなにひとつ変えたくないから。

でも、そうわかっていても、これ以上話したところで母さんを余計に傷つけるだけだ。早く母さんを解放してやろうと、俺は短くこう答えた。

「わかった。いいよ」

「……本当にごめん。ちょっと一人にしてくれる？」

「うん」

指示に従って、俺はさっさと二階の自分の部屋へと退散した。

母さんはまだ、佑哉が死んだあの日を生きている。

夜半すぎになってから、俺はごみ箱に捨てられていたペパーミントを助け出してやりに行った。

「ごめんな。別におまえが悪かったわけじゃないんだが……」

黒猫屋でもらったペパーミントに、とりあえず謝る。あの人の好さそうな淑子さんの笑顔が灯っているような気がして、ペパーミントの苗がただ朽《く》ちていくのを放ってはおけなかった。

「……でも、家の中には置けない。ごめん」

くらげの足みたいな根をだらんと垂らしてるペパーミントに、俺はそう言った。なにやってんだろうな、俺は。あの佑哉が死んだってのに、ペパーミントなんかに心を割《さ》ける自分が、……世界で一番非情な気がした。

俺たち家族は、佑哉が死んでからなにも変わらないように生きてきた。あの時のまま、無理やりに時計を止めて。歳《とし》も取っちゃいけない。背も伸びちゃいけない。家の中もなにひとつ変えちゃいけない。実際のところ、俺の身長は伸び続けて、日焼けを避けている肌の白さ以外の造形は佑哉にどんどん似てきているけれど。

「……まだ起きてたのか。颯介」

リビングに立っていると、父さんが帰ってきた。

「明日も学校だろう。あんまり夜更かしするなよ」

ドアの閉まる音。目が合う暇もなかった。

「……おやすみ、父さん」

ため息をついた。いつまでこうなんだろうか、俺たちは。

俺は、棚《たな》に飾られた佑哉と俺の生年の刻まれた記念ワインを見た。俺たちが生まれた年に、それぞれ洋酒好きの父さんが買ってきたものだ。あれを開ける日まで、俺たち家族は持つんだろうか。二十歳《はたち》どころか、一年後すらとても怖かった。来年は、俺が佑哉の歳に追いつく。母さんは、来年の俺の誕生日には壊れてしまうんじゃないだろうか。

そう思ってるのに、俺にも父さんにもなにもできない。佑哉が死んで、佑哉を思い出して悲しみたいはずなのに、その余裕が、俺たちにはない。

看板の黒猫の首元には、本物の鈴が揺れている。絵の黒猫をちょっと突いて、門をくぐった。黒猫屋のガラス戸には『ＣＬＯＳＥＤ』の文字が見えた。

「休みか……」

さすがは不定期営業店だ。

大きく息を吐いて、俺はまわりを見渡した。今日も空は青い。今年の七月は、晴れの日ばかりだ。

ふと、淑子さんの庭から、ついこの間嗅《か》いだばかりの澄んだ匂《にお》いが流れてきた気がした。

「……淑子さん？　そっちにいるんですか？」

前庭から声をかけてみると、緑に覆《おお》われたアーチの奥から返事が返ってきた。

「今庭の世話をしているところなの。こっちに来てくれる？」

呼ばれるままに、俺はバラの絡むアーチをくぐった。庭の奥では、昨夜の母さんみたいに腰を低く屈めて、淑子さんが園芸バサミを持って枯れた葉や萎《しお》れた花を取り除いていた。

「ああ、腰が痛くて困っちゃうわ。年々庭の世話が大変になっていくのに、毎年植物の種類が増えていくのよ。颯介君、これ、持っててくれる？」

「あ、はい」

淑子さんが差し出してきた緑中心の花束を慌てて受け取る。営業日じゃないのに俺が庭まで押しかけてしまったことに、気付いた様子もない。

「いい香りでしょう？　タッジー・マッジーっていうの」

「タッジー……、なんですか？」

舌を噛《か》みそうになって、俺が訊き返すと、淑子さんはくすくすと笑った。

「不思議な語感よね、呪文みたいでしょ。実は綴《つづ》りもよくわかってないの。このタッジー・マッジーはね、ハーブばかりを集めた魔除《まよ》けのブーケなのよ。中世ヨーロッパでは、疫病《えきびょう》や悪魔を退けるために使われていたの。ウェディングブーケの起源とも言われていて……こんな話、あなたには興味がなかったかしら」

「まあ、正直」

確かに、あまり興味が湧く話じゃない。でも、タッジー・マッジーそのものは別だった。柑橘《かんきつ》系やシトラスに似た香りに混じって、嗅いだばかりの匂いがした。ペパーミントだ。まじまじとタッジー・マッジーを見てみると、思った通り、ペパーミントがいいポジションを陣取っていた。

俺の考えを察したように、庭をいじりながら淑子さんが訊いてきた。

「ペパーミントの調子はどう?」

「それがダメにしちゃいました。すんません」

素直に謝ると、淑子さんは首を傾《かし》げてこちらを見上げた。

「枯れちゃった?　上手《うま》く根が水を吸い上げられなかったのかしら」

「いや、極めて人為的な力が原因で……」

俺は肩をすくめて苦笑し、母親に壊されたことをさっさと話した。

「どうも、逆鱗《げきりん》に触れちゃったみたいで。キッチンは女のテリトリーだって言うけど、そういうもんなのかもしれないですね。こう見えて俺、料理するんですよ。でも、母親はそういうのにもいい顔をしなくて。だから、最近は家で自炊《じすい》してるのは俺くらいのもんなんです」

「……でも、あんまりがっかりしてないのね、颯介君は」

「え？」

驚いて目を瞬くと、淑子さんは首を傾げた。

「この間は結構真剣に作ってくれてるように見えたけど、そうでもなかったのかしら」

少しだけ残念そうに、淑子さんの淡いグレーの瞳が揺れた。俺は急いで首を振った。

「ええ？　そんなことないですよ。ああいうのは初めてで、意外と嵌《は》まっちゃいました。女性陣のパワーは途轍《とてつ》もなかったけど、まるで小学校の時の図工とか自然科学の授業みたいだったし。だから、非常にがっかりしてます」

「そう……」

やたらと早口になってしまった俺を尻目に、淑子さんはふと話題を変えた。

「そういえば、こんな話を知ってる？　ミントっていう名前はね、ある一人の美しいニンフから取られたのよ」

「ニンフ？」

「そう。妖精よ。ミント、ミンス、あるいはメンテともいうわ。妖精メンテのあまりの美しさに、冥界《めいかい》の王ハーデースが恋に落ちたの。でもハーデースには、ペルセポネーという妻がいたのね。ペルセポネーはメンテに嫉妬《しっと》して、ミントに姿を変えてしまったという神話があるの」

　驚いて俺はペパーミントを見た。あんなにシャキッとした飲み心地のモヒートの主役《メイン》を張るくせに、そんなどろどろの三角関係の逸話があったのか。意外だった。

「……冥界の王ですか。そんなおどろおどろしい役職に就《つ》いてるくせに、怖い嫁さんもったんですね。妖精をその辺に生えてる草にするなんて」

「ペルセポネーも夫に冥界にさらわれて結婚したから、メンテに同情して姿を変えて隠してあげたという説もあるわね。でも、わたしはそうは思わないわ。だって、隠すなら、こんなに香りの強いハーブにはしないもの」

「確かに」

　タッジー・マッジーの中でも、ミントの香りはとても際立《きわだ》っている。ちっとも隠れていない。

「やっぱり、怒って愛人をハーブに変えたって方が納得がいきますね。ミントの匂いって好き嫌いがわかれるし。チョコミント論争なんて、もはや戦争の歴史みたいになってますよ。ミントは、その旦那《だんな》の嫌いな匂いだったのかも」

「なるほど……。そういう解釈もあるわね」

なにがそんなに可笑《おか》しいのか、淑子さんは口元を押さえて笑い出した。明るい顔になってくれたことにちょっとほっとしていると、淑子さんは笑った理由を教えてくれた。

「あのね、メンテが姿を変えたミントは、ハーデースの宮殿のそばにたくさん根を下ろして、その香りをいつもハーデースに届けたの。あなたの解釈だと、ハーデースの妻のペルセポネーは、夫の嫌いな香りをいつも夫のそばに置いたことになるわね。不貞《ふてい》の罰としては強烈だけど、夫のそばにミントを茂らせるなんてあんまり皮肉だわ。夫はいつまでも、メンテを忘れられなくなるもの――嫌いな香りだとしても、このミントは、メンテの放つ香りなのよ。だからね、わたしが採るのはもうひとつの説。ペルセポネーはメンテをただの雑草に変えた。それをこんなにも鮮烈に澄んだ香りにしたのは、きっと彼女を憐《あわ》れんだハーデースだったのよ。彼は、輝いていた彼女を忘れないように、ミントにこんな香りを与えたんじゃないかしら」

「ははぁ、なるほどね」

淑子さんの講釈《こうしゃく》を聞いて、俺は腕組みをして唸《うな》った。さすがは年の功《こう》ということなのか、説得力がある。

「でも俺は、やっぱり奥さんが相当執念深い女だったんだと思うなあ。旦那は浮気相手を忘れられなくなるけど、代わりに自分が浮気してしまった事実と浮気したら奥さんになにされるかも忘れないじゃないですか。この独特な匂いは、旦那への釘差しなんですよ。次の報復はもっと凄《すご》いぞっていう」

負けずに俺が減らず口を叩いてみると、また淑子さんが笑った。

「そうね。そう言われてみると、その線もあるかもしれないわ」

「それにしても、ミントの逸話って強烈だなあ。なんだかミントを見る目が変わっちゃいましたよ」

感慨《かんがい》深くそう呟《つぶや》いてから、まるで孫でも迎えて喜んでるみたいに目を細めてる淑子さんに、俺はこう言ってみた。

「なんか不思議ですね。最初は友達に噂《うわさ》を聞いたから、暇潰しのつもりだったんです。だいたいの住所を聞いてたから、この辺を歩きまわって……看板には黒猫が一匹いたから、すぐにここだってわかりました」

黒猫屋の看板を思い出してみた。店名と『魔女の魔法あります』という文章以外は、黒猫が一匹ぽつんと座っているだけだ。他にはなんの飾りもない。

俺は、疑問に思っていたことを淑子さんに訊いてみた。

「なんであの看板、黒猫だけなんです？　他になんの飾りもなくて、やけに殺風景《さっぷうけい》だけど」

この黒猫屋が、利益目的で開かれているわけではないことくらいは高校生の俺でもわかった。でも、だからといって、あの看板は地味すぎだ。

するとなぜだか淑子さんは、とても悲しそうな目をした。

「そう……。あなたも、あの黒猫を見つけてここ《こ》に来てくれたのね」

それから、淑子さんはまた笑顔に戻ってこう言った。

「ねえ、颯介君。ダメにしてしまったなら、またミントを用意しておくわ。だから、今度はハーデースが嫌いかもしれないミントティーを一緒に存分に楽しみましょう」


淑子さんに別れを告げて黒猫屋を出ると、奈津さんと偶然遭遇《そうぐう》した。

「――青崎君？　黒猫屋に来たの？　……あれ、でも今日お休みみたいだね」

「あ、でも、淑子さんは庭《そこ》にいましたよ。実は、ミントの水耕栽培《さいばい》をさっそくダメにしちゃって、報告に来たんです」

「枯れちゃった?」

「いえ、そういうわけでもないんですけど」

淑子さんにしたように、俺は水耕栽培を壊された経緯を軽く説明した。

「そっか、お母さんに壊されちゃったんだ」

「はい」

俺が頷《うなず》くと、少し考えたあとで、奈津さんはこう言った。

「あのね、実は、淑子さんに聞いたことがあるんだけど……」

「ミントの由来ですか? それなら、今教えてもらったところです」

奈津さんは、心配そうに俺を見て、首を振った。

「ううん。由来じゃなくて、ミントの効用の話。ミントには未来を垣間見《かいまみ》せる力があるんだって。主には夢の中で見せてくれるって言われてるそうなんだけど」

「未来……、ですか? 夢の中で?」

「うん。でも、未来が見えるって、ちょっと怖いっていうか……そんなに見たいものでもないじゃない? 強い人じゃないと、未来を覗《のぞ》く勇気なんかないよ。だから、あたしは、キッチンからミントを持ち出さないようにしてるの。淑子さんは大丈夫って言ってたけど、効果が出すぎちゃったら困るなって思って。もしかしたら、青崎君のお母さんにはミントの力が強く効きすぎてしまったのかもしれないわ。淑子さんのハーブって、思いがけない効果があったりするから……」

「はあ……」

ちょっと呆気《あっけ》に取られて、俺は奈津さんの顔を眺めた。話の内容もだが、それ以上に意外だった。最初の印象は、どこかおどおどとして、こんな風に声をかけてくる人には見えなかったからだ。

奈津さんは、黙り込んでいる俺にこう言った。

「ごめん。こんな話、驚いたかな」

「いえ……。でもまあ、そういうの信じる歳《とし》じゃないですよ」

肩をすくめて、俺は嘲笑《ちようしよう》交じりにそう答えた。奈津さんが親切心で言ってくれているのはわかる。だけど、それを受け取る気にはなれなかった。魔法なんて便利なもの、存在するわけがない。もし本当にあるっていうんなら、佑哉を返して欲しい。俺の願いは、ただそれだけだ。でも、そんなことができるはずはない。

すると、否定したはずなのに、どうしてか、却《かえ》って奈津さんは心配そうな顔になった。奈津さんは目を泳がせたあとで、意を決したように俺にこう言った。

「もしかして青崎君は、魔女を探しに来たんじゃない?」

「今の会話の流れのどこを聞いたらそう思うんです」

「それは……、あの、あたしはそうだと思ったから。そうじゃないならいいよ。でも、もしあなたが魔女を探しにこの黒猫屋へ来たんだったら……淑子さんを信じてみて。あたしのことは信じなくていいから。黒猫屋には、きっとあなたが求めてるものが置いてあると思うよ」

魔女なんていうくだらないものを信じてるらしい奈津さんは、まっすぐに俺を見た。だけど、笑う気には……なれなかった。藁《わら》でもなんでも摑《つか》みたい気持ちは、誰にでもある。……俺にもある。

確かに母さんは、二年半前からずっと夢の中で生きているようなものだ。


それから——奈津さんの言葉が頭から離れず、魔女についてずっと考えた結果、俺は再び淑子さんの前に座っていた。

「すみません、何度も押しかけてしまって」

「いいのよ。話し相手が増えることは嬉しいことだわ。特に、わたしみたいなお婆《ばあ》ちゃんにとってはね」

たくさんの話し相手がいるくせに、淑子さんはそう言って笑った。今日の黒猫屋は俺の他に来客がなく、静かだった。けれど、なぜだろう。黒猫屋の床には、淑子さんを囲む女たちのにぎやかすぎる笑い声が今もころころと落ちて転がっている気がした。ポットに植わった苗の緑や飾られたドライツリーが、それらすべてを包み込んで息づいているようだった。

「前に、淑子さんは、せっかく作ったミントの水耕栽培を母さんに壊されたのに、俺が落ち込んでないように見えるって言ったでしょう。あれからずっと考えていたんですけど、やっぱり当たっているような気がして……たぶん、全部淑子さんの言う通りなんです」

新しく始めようと思ったことを母さんに台無しにされて、確かに俺は、どこかほっとしていた。なにかを転換しなければ、青崎家は救われない。そう思っているのに、新しくなにかが上手《うま》くいくことが怖い。そうなれば、佑哉がいないこの世界が肯定されてしまう気がして――、怖いのだ。

佑哉が死んだなんて、いまだに信じられなかった。明日になれば悪い夢が覚めるんじゃないかと、『ただいま、また試合に勝ったぜ』と笑ってひょっこり帰ってくるんじゃないかと、今でも思っている。願っている。

だけど、本当はそんなはずはなかった。確かに佑哉は死んだのだ。佑哉が死んでからの二年半、俺たちはみんな悪い夢の中にいるようなものだ。もうそろそろ、目を覚まして現実を見なければならない。

俺は、黒猫屋のステンドグラス製のドアを眺めた。その向こうに、真っ青な空がある。眩《まぶ》しくはないはずなのに、自然と目が細まった。今日は、よく晴れているから。

「実は、今日は淑子さんに頼みたいことがあって来ました」

「そう……。いったいどんなことかしら」

隣に座った淑子さんは、静かに俺を見た。

まるで店全体が生きているかのような黒猫屋の中にいると、心を見透かされているような気になる。きっと罪悪感からそんなことを思うんだろう。けれど、ずっと黙っているわけにもいかない。

意を決して、俺は世界で一番大切な事実を口に出した。

「……実は、二年半前に兄が死んだんです」

淑子さんが、俺を見ている。けれど、淑子さんの目を見返すことはできずに、俺は拳《こぶし》をぎゅっと握った。

「それから、俺の家族はおかしくなりました。……母さんと、……それから父さんは、兄が死んだ時から動けてないんです。これまでの二年半、今日までずっと。それが心配で、……俺はここを探したんです。なんでもいいから、きっかけだけでも摑めないかと思って」

両親は変わらないことを選んでいるのに、俺だけが足搔《あが》こうとしているのが、まるで悪いことのように思えた。兄が死んだ。その事実を受け入れて生きるということは、罪なことなんだろうか。ずっと考え続けているけれど、いまだにわからない。

だけど、それでも。

「兄は死んだんだ。過去に戻ることなんかできないし、いつまでもこの世の終わりみたいな顔で悲しんで一生をすごしたって、どうしようもないじゃないですか」

いつの間にか、淑子さんの皺《しわ》だらけの手が、俺の肩に載っている。親切なこの人に頼むのは気が引けたけど、ここでやめるわけにはいかなかった。だから続けた。

「……でも、佑哉についてなにか新しい事実を少しでも知ることができれば、きっと変わると思うんです。母さんと父さんが、救われるんじゃないかって……。噂で、あなたが死んだ人間と交信できるという話を聞きました。もしそれが本当なら、どうかお願いします。淑子さん。あなたは魔女なんでしょう？　頼むから俺の家族を助けてください」

俺は、ステンドグラスを透かして空を見上げた。

本当は雨の日だって、いつだって、佑哉が傍《かたわ》らにいない日はない。佑哉はいつだって、俺のそばにいる。今もきっとそばに立ってる。大丈夫だよ、安心してくれ。俺は絶対に、おまえを忘れたりはしない。俺は佑哉の一番のファンなんだから。

母さんと父さんだけは助ける。でも、俺はこれから先どう生きるかを決めてるんだ。ヒーローがいなくなったあとの世界を楽しむなんて許されるはずがない。だから、なにを始めようが、上達して楽しくなってきたらなんでもすぐやめるよ。だって不公平じゃないか。佑哉はもう、なにもできないのに。料理だってこの黒猫屋のお茶会とやらだって同じだ。俺が選ぶ新しいことは、佑哉だったら絶対にやらないようなものだけだし、それ以外をやる気はないんだ。だけど、心配しないで。俺は、自分がそうしたいからそうするんだ。佑哉はずっと、俺の中でヒーローとして生き続けられるよ。誰が佑哉のことを忘れても、俺だけはヒーローがいなくなったことをずっと悲しんで、自分だけ楽しいことなんか絶対にしないから。一生、死ぬまで。

『一生』のうち、俺よりずっと先をいってる淑子さんは、悲しげにこちらを見上げている。

「……わたしも、なんでもできるわけじゃないのよ。この黒猫屋へ直接相談に来た人の力になることしかできないわ。自分が救われたいと思わなければ、人は動かないの。本当に大切なのは、あなたがご両親と向き合って話すことなんじゃないかしら」

「でも、母さんと父さんが求めてるのは、佑哉の幸せだから。俺は一人で勝手に生きてけるけど、佑哉にはもうそれができません。無理な頼みなのはわかってます。そこをなんとか、お願いします。淑子さん」

「颯介君……」

少しの間、沈黙が流れた。淑子さんは、どこか複雑そうな顔をして、やがてこう言った。

「……そういうことなら、テーブル・ターニングをやってみましょうか」

「テーブル・ターニング？」

「何人かで集まってテーブルの上に手を置いて行う交霊術よ。今は、テーブルだけじゃなくて道具を使うこともあって、その道具の名前の方が有名かもしれないわ。ウィッチボード、ウィジャボード……。または、交霊盤ともいうわね。知っている？」

俺が首を振ると、淑子さんは続けた。

「わたしの店にも、ウィジャボードは置いているの。それがどこかで噂になったのかもしれないわね。ほら、あそこにあるわ」

今まで気づかなかった。淑子さんが指さして教えてくれたのは、目立たない隅の壁だった。そこには、年季を帯びた木製の板が飾られていた。上部の角には奇妙なタッチの太陽と月が描かれ、その下にAからZまでのアルファベットと数字が並んでいる。板の左右には、『HELLO』『GOODBYE』という文字が書かれていた。

「あれですか？」

「ええ。もっとも、売り物じゃなくて飾りだし、ほとんど使ったことはないれど……ウィジャボードを使えば、死者の霊と交信できると言われているわ。後ろ向きなやり方だけど、本当に他になにも取れる手段がないというのなら、いいのかもしれない。あんまりおすすめはできないないけれど」

「それでもいいんです。もうどうにもできなくなって、二年半も経ってしまったから」

俺は、淑子さんの目をはっきりと見返した。強くそう言うと、根負けしたように淑子さんは頷《うなず》いた。

「わかったわ。そうね。なんでもできるわけじゃないけど、できることならなんでもしたい気持ちは変わらないから……特に、わたしを頼ってきてくれた人には」

「……なあ、颯介。なんなんだよ、この店は」

礼儀《れいぎ》正しく淑子さんに挨拶《あいさつ》したあとで、父さんはこそっと俺に耳打ちしてきた。母さんは、案外興味深そうな顔で淑子さんと会話している。

商社勤めの父さんは、論理的で現実的。つまりはこういうことにまるっきり興味がない。

父さんは長身だけど、最近は俺もずいぶん追いついてきた。隣に並ぶと、もうほとんど差はない。また近付いた身長を母さんに気取られないように、俺は少し離れて軽い調子でこう言った。

「いいじゃん。母さんが来てみたいって言うんだから、ちょっとの間付き合ってあげたってさ」

「だけどなあ……」

まだ渋るようにして、父さんはちらりと母さんの方を見た。母さんは、どこか不安そうだけど、確かに笑顔を浮かべて、淑子さんにあれこれ商品の説明を聞いている。その様子を見てこの黒猫屋について判断を棚上《たなあ》げしたらしい父さんは、大仰《おおぎょう》に鼻からため息を吐き出した。

「こんなことにばっかり首を突っ込むなぁ、おまえは」

「新しいことって、……楽しいからさ」

「それならまあ、いいけどさ」

俺の肩を軽く叩いて、父さんも一人で黒猫屋の商品棚を眺め始めた。

父さんの台詞《せりふ》は、結局最後はいつも同じだ。そういうポリシーなのか、いつもあまり他人を否定したりしないし、自分の考えを口に出すこともない。母さんは、俺だけじゃなくて父さんにも当たるけど、父さんが母さんを怒鳴るところなんて見たことがない。それは、愛してるからかもしれないし、面倒だからかもしれなかった。父さんは、いつも俺や母さんが寝室に引っ込んでから帰ってくる。俺たち一家は、家庭内別居してるようなものだった。

「それじゃ、そろそろ始めてみましょうか」

少しの間ハーブティーを囲んだ空虚な会話を交わしたあとで、淑子さんはそう言った。母さんは、目を輝かせて淑子さんと一緒にティーセットを片そうと席を立った。

「お願いします。淑子さん」

俺たち家族は、そのまま淑子さんが暮らしている居住空間へと招かれた。細い廊下《ろうか》を辿《たど》った先に、小さなリビングがあった。リビングの中央には、紫色のクロスをかけた丸テーブルが用意してあった。電灯は消され、代わりにいくつものキャンドルに神秘的な炎が揺れている。

香炉《こうろ》から煙に混じって不思議な匂《にお》いが漂ってきて、古めかしいレコードが外の音を遮《さえぎ》るように静かな音楽を奏でている。クロスの上には紫色の石が輪を描くように飾られ、その真ん中に、ＹＥＳ・ＮＯとアルファベットが書かれた木製の板が載っていた。

「まるでこっくりさんだな……」

ほとんど聞き取れないくらいに微《かす》かな、父さんの呟《つぶや》きが聞こえた。呆《あき》れている振りをしているけど、どこかで『まさか』を信じたがってるのがわかった。父さんの大きな手が、小刻みに震えている母さんの肩に乗った。

「テーブル・ターニングの歴史は古くて、十五世紀にレオナルド・ダ・ヴィンチが自著の中でこの現象について触れてるわ。その頃はこういうボードは使わずに、テーブルの上に手を置いて行っていたようよ。日本のこっくりさんという遊びは、このウィジャボードが起源なのよ」

父さんの呟きが聞こえていたのだろうか。決まり悪そうに、父さんは一度咳払《せきばら》いをした。目をテーブルの上に落としたまま、淑子さんは平仮名《ひらがな》の羅列《られつ》された紙をウィジャボードの上に敷いた。そして、淡々とした声でこう言った。

「今日はよりわかりやすく、アルファベットではなく平仮名で交信を行いましょう。ウィジャボードは、一人でも信じていない人間がいたら答えを与えてはくれないの。そのことを肝《きも》に銘《めい》じたら、さあ、左手を出して。そして、このプランシェットの上に指を載せるのよ」

淑子さんの宣言に従って、大きなギターピックのような形をしたプランシェットの上に俺たちは左手の指を載せた。プランシェットには丸い覗《のぞ》き穴が開いている。このプランシエットが、こっくりさんで言う十円硬貨の代わりというわけだ。

淑子さんが英語でなにか呪文のようなものを唱えて、おごそかに交霊術が始まった。

「質問を。颯介君」

淑子さんに促されて、俺はあらかじめ教えられていた通りに宙に向かって問いかけた。

「――佑哉、青崎佑哉。今、ここに来ていますか？　来ていたら、答えて欲しいんだ」

答えはない。

しばらく待ってから、あらかじめ指示されていた通りに、息を合わせて、俺たちはゆっくりとプランシェットを反時計回りに動かした。まるで、本物の時計の針を逆回しして、時間を過去に戻していくように。父さんは腕をもぞもぞとさせていたが、母さんは真剣な目でじっとウィジャボードを見つめていた。何分経っただろうか。腕が疲れるだけの間延びした時間がすぎて、誰もが口を開く瞬間を計り始めた頃になって、プランシェットがゆっくりと違う動きを見せ始めた。

「あっ……！」

悲鳴のような小さな声が、母さんの口から漏《も》れる。淑子さんが『静かに』と目で合図をした。プランシェットは反時計回りにまわるのをやめて、そのままゆっくりと、ウィジャボードの上部にある『こんにちは』と書かれた方へと向かった。驚いたような目で、俺は動くプランシェットを見つめた。

「佑ちゃん……」

声にならない声が、また母さんの口から漏れた。母さんの目に涙が溜まっていくのが、じかに見なくてもわかった。

俺は、空気を壊さないようにそっと告げた。

「来てくれたんだね。ありがとう、佑哉。誰にでもいいし、一言だっていい。なにか言いたいことがあったら教えて欲しいんだ。俺たち、お別れも言うことができなかったから……」

ゆっくりと——本当にゆっくりと、プランシェットは動いていった。一文字、二文字と連なるうちに、それは意味のある単語になり、文章となっていく。母さんが、まるで外国人が覚えたての日本語を喋《しゃべ》るように、文字を一つずつ追った。

「かあさんと……、とうさんには、しあわせになって、ほしい……?」

プランシェットに載せた左手をぶるぶる震わせて、母さんがそう言った。まだなにか望むように母さんはプランシェットを見ていたけれど、プランシェットはウィジャボード下部の『さようなら』のところへ収まって止まった。

「う、うう……」

プランシェットからまだ手を離せずに、母さんはボロボロと泣き出していた。その母さんの背中を、父さんの手が摩《さす》る。俺も、いつか淑子さんがしてくれたように、母さんの肩に手を載せた。

淑子さんに何度もお礼を言って、俺たちは夜中の黒猫屋をあとにした。

家に帰ってから何時間か、母さんは久しぶりに忙しかった。上機嫌で寄ったスーパーの割引パック寿司を肴《さかな》にビールを飲んで、何度も何度も同じ話を繰り返した。主には今夜知り合ったばかりの淑子さんのこと、それから時々ウィジャボードが教えてくれたメッセージを。まだ佑哉についてなにか言うことはなかった。二年半振りに焼いてくれた母さんの甘い玉子焼きはまる焦げで、でもとても美味《うま》かった。

ビールを何本も空けたあとで、笑っていたはずの母さんは、泣きながらベッドに収まった。まったく本当に、嵐のような夜だった。でも、これでよかったんだろうと素直に思った。

母さんの涙を拭いてやったタオルを洗いに出してリビングに戻ってみると、父さんが深夜の通販番組を見ていた。ゴールデンタイムにはほとんど見なくなった芸人が、紹介されている商品を疑ったり賞賛したりと忙しく顔を動かしている。

テーブルに残った食器を洗いながら、俺は父さんの横顔を見た。

「まだ起きてるの？」

「ああ、うん……。そろそろ寝るよ。でも、いい商品だと思ってさ」

「は？」

思わず父さんを見ると、父さんは虚《うつ》ろな目でテレビの液晶画面を眺めていた。健康食品だ。あんなものに興味が湧くほど、父さんは歳《とし》を取ったんだろうか。

「なんだよ、本気？」

「まさか。冗談だよ。笑えただろ」

ちっとも笑わずにそう言うと、ぐいっと最後のビールを飲み干して父さんは立ち上がった。

「でもな。おまえのはちっとも笑えないぞ」

「……」

「あれは——あのウィジャボードはおまえが動かしたんだ。そうだろ？　颯介」

返す言葉が見つからずに、無言になってしまった。いや、まさか。そんなことしてないよ。だって仕方なかった。母さんを救うにはあれしかなかったんだよ。否定か弁明か、どっちでもいいのに、喉《のど》が詰まって言葉が出てこなかった。

「どうしてあんなことをしたんだ」

「……母さんだって、別に魔女も魔法も信じちゃいないよ。家に帰ってから、『別に信じてない』って何度言ってたか数えてた？」

浮かれていた母さんは、何度か目を潤ませたけれど、その倍は笑って、それから言うのだ。『信じていない』と。暗に認めた俺に、怒るでもなく疲れたように、父さんは言った。

「そういうことじゃないんだよ。颯介は母さんのことをなんとかしてやりたかったんだよな、それはわかるよ。気持ちは父さんも一緒だ。だけど、たとえ母さんの心を救うためでも、佑哉を利用するのは許せない。そんなことしちゃいけないんだ。わかるだろう？」

俺は、父さんをまじまじと見つめた。父さんは、潰したビールの空き缶を俺の代わりに睨《にら》んでいる。

「言いたいことがあるなら……、佑哉を利用しないで自分の言葉で話せよ」

一度も俺の顔を見ないまま、父さんは缶をごみ箱に放り投げて部屋を出ていってしまった。その背中に、『軽蔑《けいべつ》した』と書いてある気がした。

父さんは、いつも優しかった。佑哉のことだけじゃなくて、俺のことや母さんのことだって、否定するようなことを言ったことはない。それは、愛してるからなのかもしれなかったし、面倒だったのかもしれない。

誰もいなくなった青崎家のリビングはがらんどうのようで——、俺は家を飛び出した。

なんだよ、なんなんだよ。別に本当じゃなくてもいいじゃないか。それで母さんが喜んで、青崎家の時計の針が進むなら。もう二年半も経つ。来年には俺は佑哉と同い年になる。それが母さんを壊さない保証が、どこにあるっていうんだよ。

知らない道ばかりを歩いて、どんどん夜が更けていった。日中はあんなに暑いのに、今夜は違う季節のように空気が澄んでいた。すれ違う人は漏《も》れなく酔っぱらいだった。今絡まれでもしたら、喜んで喧嘩《けんか》を買ってしまいそうだ。けど、幸か不幸か、誰も俺に声をかけてくる奴はいなかった。

どこか近くで猫が一匹鳴いていた。そのせいだろうか。誰も知らない場所へ行こうと思っていたのに、いつの間にか、俺は黒猫屋を目指していた。気が付いたら、暗闇に浮かぶキラキラとした黒猫の二つの目があった。

「淑子さん……」

門には、タッジー・マッジーが飾られていた。黒猫屋の中で淑子さんが呼んでる気がして、俺は、非常識なのを承知で門をくぐってドアを叩いた。日中とは違って涼しい風がまた夜を通り抜けて、体の熱を奪っていく。少し待つと、さっき会ったエプロンドレス姿のままの淑子さんが出てきた。肩には、ナイトガウンを羽織《はお》っている。

「きっと戻ってくるような気がしていたの。さあ、いらっしゃい。約束のミントティーを一緒に飲みましょう」

呆気《あっけ》に取られている俺を、淑子さんは黒猫屋の中へと招いた。言葉通りに、テーブルの上には湯気を立てているティーセットが載っていた。


「ごめんなさい。俺……本当は魔法なんて少しも信じてませんでした。母さんに佑哉がなにか言えるなら、なんでもいいと思って……だって、佑哉だって思ってるはずなんです。母さんと父さんに幸せになって欲しいって。その気持ちは嘘じゃない。だから、あのウィジャボードは俺が動かしたんです」

でも、それは本当じゃなかった。

父さんを傷つけたという事実が、今さらながら胸に重く伸《の》し掛かった。佑哉の死にひどく傷めつけられたのは母さんだけじゃなかったのに、父さんは悲しんでるところを見せたりしないから、失念していた。

けれど、淑子さんは俺を責めたりはしなかった。

「いいのよ。そんなことだと思ってたから。あなたがご両親のためになにかを動かしたいと思うのは当然だし、誰だって間違いはあるわ。ウィジャボードは、信じてない人間が一人でもいると動かないの。そういうものなのよ」

俺が魔女にもらいたかったのはきっかけだけで、あとは自分で奇跡を演出するつもりだったのだが、どうやらすべて彼女にはお見通しだったようだ。

淑子さんは、俺のカップにミントティーをゆっくり注いだ。夜半すぎらしくない研《と》ぎ澄まされた針のような香りが、黒猫屋に満ちた。死後の世界では、今もこの香りが満ちているんだろうか。確かにミントの香りには、どこか棘《とげ》がある気がした。でもそれは、悪いものを避けるためのものだ。たぶん、淑子さんの言う通り。

胸に渦巻《うずま》いていた憎しみや苦みを吐き出そうと、ミントの香りを胸いっぱいに吸い込んだ。

「……でも、俺じゃ駄目なんです。両親の心を救えるのは佑哉だけだから」

「なら、もう一度ウィジャボードを使ってみる?」

「それで、なにか変わる可能性はあるでしょうか」

「ええ、そうね。信じることができれば、きっと」

「……」

馬鹿らしい。ついさっきまで本音ではそう思っていたはずなのに、断ることはできなかった。俺は飲みさしのミントティーを眺めた。ずいぶん淡くなってきたが、まだ湯気が上っている。本当に、まだ可能性は残ってるんだろうか。俺は、もう一度淑子さんを見て頭を下げた。

「今度こそお願いします。淑子さん」

「ウィジャボードは、一人でも信じていない人間がいたら答えを与えてはくれないの。そのことを肝《きも》に銘《めい》じたら、さあ、左手を出して。そして、このプランシェットの上に指を載せるのよ」

まるで前回がなかったかのように、淑子さんは厳粛《げんしゅく》に青崎家の面々にそう告げた。渋る父さんと訝《いぶか》る母さんを強引に連れてきて、俺たちはまた、淑子さんの家のリビングに立っていた。

香炉《こうろ》で燃えているのは、オオウメガサソウやローズヒップというハーブだそうだ。テーブルを囲っている石はアメジストで、今夜はミントの葉も一緒に添えられていた。淑子さんが唱える不思議な言葉は、今夜を守護する男神《おがみ》へ捧げられるものらしい。この間とまったく同じ手順が繰り広げられるのを、俺は固唾《かたず》を呑《の》んで見守った。父さんと母さんは、前回の夜、こんな気持ちだったのか——と初めて思った。ウィジャボードとプランシェットが、とても恐ろしいものに見えた。動いて欲しいのかそうでないのか、よくわからなくなった。緊張しすぎて、吐き気までしてきた。

四人でゆっくりと大きく反時計回りに動かしていたウィジャボードが、……やがて、再び違う軌道を描き始めた。

息を呑んで文字を追う——現れた佑哉を名乗るなにかは、こう告げた。

「俺を利用しないで、ちゃんと話せ……」

今度はそのメッセージを読み上げたのは、俺だった。ああ。俺は、父さんの顔を見た。父さんは、一心不乱にウィジャボードを見つめていた。肩の力が、一気に抜けていった。

——両親を先に返したあとで、後片付けを手伝いながら、俺は淑子さんに苦笑した。

「とんだ結果になってしまって本当にすみませんでした。ウィジャボード越しにしか会話できないなんて、俺たち家族って本当に馬鹿ですよね……」

ウィジャボードは、あの晩父さんが俺に言った言葉そのままを示したのだ。父さんは今晩ここに来るのをずいぶん嫌がったのだが、その間考えて出した結論がこれというわけだ——ウィジャボードを使って、俺にもう一度念を押すこと。

あの頑固親父《おやじ》め。それとも、一度失った信用はなかなか戻らないということか。

「今度は、本気だったんだけどなあ……」

「わかってるわ。あのね、颯介君。わたしも大切な人を亡くしたことがあるから、なんとなくあなたの気持ちがわかるような気がするのよ」

「え？」

「今夜のような木曜の夜にはね、とても強い神様が付いているの。だから、人間の持つあらゆる手段を、屈折した感情に囚われずに有効に活用するには、今日みたいな夜が一番いいのよ。わかりやすいのはお金だけど……魔法も、その一つなの。魔法の力を目的を果たすために活用するのは、決して悪いことじゃないわ。あなたは、自分で思っているよりもずっと強い人だから、きっと、今夜を守護する大きな力に負けずに、その恩恵を受けることができるでしょう」

淑子さんの不思議な話に驚いて、俺は目を丸くした。淑子さんが教えてくれたその神の名前は、俺にも聞いたことがあった。ジュピターだ。確か、どこかの神話の主神だったと思う。

淑子さんは続けた。

「あなたは、ご両親を助けるためになにか新しいことをしたいのに、それがいなくなってしまった大切な人を裏切ることになるような気がしてるのね……。だから、あなたは、ご両親の代わりにお兄さんのすべてを自分が背負おうとしてるんだわ。その勇気は素晴らしいけれど、……わたしは使う方向を少し変えた方がいいような気がしているの」

「……」

この人は、本当に俺のことをよく見ている。

佑哉を忘れて生きるなんて、考えたくもなかった。やりたいこともやれることも、佑哉にはまだまだたくさんあったんだ。なのに、突然すべてが理不尽に終わらせられてしまった。俺だけが佑哉の先を生きるなんてしたら、自分で自分を許せなくなる。両親には幸せに生きて欲しいけど、俺くらいは佑哉を覚えててやらなきゃ、佑哉が可哀《かわい》そうだ。俺だけは、ずっと佑哉の死を悲しんで、自分だけ幸せになるなんてことはせずに生きていくつもりだった。

けれど、淑子さんは優しく首を振った。

「そんなのいけないわ。あなたのお兄さんは、あなたたちみんなが幸せになることを願ってるんだもの。家族の、誰ひとり欠けることなく」

「佑哉が……?」

「ええ。わたしは、今夜のメッセージをそう読んだわ」

淑子さんは、ためらいなく頷《うなず》いた。淑子さんの言わんとしてるところがわからず、俺は首を傾《かし》げた。

「心を込めてまっすぐに話せば響くこともあるはずよ。誰かに、言葉を届けるっていうのは、そういうことだもの。新しく続いていく日々を生きることは、いなくなってしまった誰かを裏切ることとは違うわよ」

魔女の使う言葉は、本当に呪文みたいだ。眉間《みけん》を寄せて淑子さんの言葉の意味を考えている俺を尻目に、淑子さんがすっと立ち上がった。それから、黒猫屋の商品棚《だな》の方へ行って帰ってくると、テーブルの上に小さな袋を置いた。リボンが結んであるビニール製のラッピング袋の中には青い小さな花がいくつか入っていた。

「これは……?」

「あなたにプレゼント。ルリジサという花の砂糖漬けよ、綺麗《きれい》でしょう。お茶やお酒に浮かべて飲んだり、お菓子の飾りつけに使ったりするのよ。ルリジサは、別名スターフラワーとも言うわ。ほら、青い花びらが星みたいな形してるでしょう。これはね、悩みと悲しみを打ち払って勇気を生み出す、勇者のハーブなの。昔、戦士たちが戦いの前に飲んだらしいわ。ね、あなたの勇気を別のことに使って。今度こそウィジャボードを信じて、ご両親と話してみるのよ」

「でも……。すんません。俺、今財布持ってなくて」

「いいわ。成功報酬《ほうしゆう》ってことにしときましょう。今夜の小さな奇跡を祝って、特別に」

また呪文みたいなことを言って、淑子さんは笑った。本物の奇跡が、今夜本当に起きるんだろうか。勇気を出して、母さんと父さんと話したら――。

真っ白な砂糖の結晶が縁取る青い花を手に取って、俺は淑子さんに言った。

「……俺、話してみます。自分の言葉で、父さんと母さんと」

「それがいいわ。そのことを、あなたの家族はみんな望んでるのよ」

淑子さんは、にっこりと微笑《ほほえ》んで俺の背中を押してくれた。門の外へ送り出してくれた淑子さんに挨拶《あいさつ》をして別れると、黒猫屋の看板に描かれた猫の鈴が揺れて静かに音を鳴らした。

「――不思議なことって、あるものね。たった一言でも、誰かに届けたいなら、どこからでも届けられるのかもしれない。たとえ、同じ世界にいなかったとしても」

よく聞こえなくて、振り返って淑子さんに届くように少し大きな声を張った。

「なにか言いました？　淑子さん」

「ううん、なんでもないの。きっと、あなたたちにもいつかわかる日が来るから。だから、安心して今夜はもう行って。きっと暗闇の夜を抜けられるわ、颯介君」

いつも通りの優しい笑顔で、淑子さんが皺《しわ》だらけの小さな手を振った。その笑顔にほっとして、俺は決意を抱えて家へと向かった。母さんと、父さんが待つ——それから、佑哉が暮らした青崎家へと。


家に帰って門に入った途端、俺は足を止めた。どうも匂《にお》う。これは、ミントの香りだ。そう思ってきょろきょろとしてみて、俺はぎょっとした。

「……なんだこれは」

地面に顔を近づけてみると、捨てられた水耕栽培《さいばい》のペットボトルから救い出して庭に植え直したペパーミントが、恐ろしい速さで増殖《ぞうしょく》していた。命の神秘……とか言ってる場合じゃない庭になってる気がした。これが本命にバレて関係が切れた二股《ふたまた》相手の好きな香りだったりしたら——あらゆる意味でゾッとする。俺は、即座に宗旨《しゅうし》替えして魔女の唱える説を支持することにした。

「すげえな、淑子さんの育てるハーブは……」

そう呟《つぶや》いた、その時だった。ふと、庭のどこかから猫の声が聞こえた。近所の野良猫だろうか。まるで、淑子さんが背中を押してくれている気がした。

家の中に入ると、まだ父さんも母さんも寝ないで、リビングで俺の帰りを待っていてくれた。二人が向かい合っているダイニングテーブルを、ぼんやりと電灯が照らしている。

『ただいま』と言ってから、俺は二人の目を見た。一年半振りな気がした。

「父さん、母さん……、ウィジャボードのメッセージに従ってみようと思うんだ。できれば、少しだけ付き合って欲しい」

さすがに佑哉のワインに手を出す気にはなれなくて、父さんたちに止められる前に、さっさと俺は自分の方のワインを開けた。ルリジサを浮かべると、なにか味が変わるんだろうか——なんて思いながら。

「佑哉の話がしたいんだ。できれば、楽しかったことを。佑哉がいて、俺たち、すげえ楽しかったよな。幸せだったよな……?」

幸せじゃなかった——なんていう結末にしたくなくて、俺は、父さんと母さんのために出したグラスにワインを注いだ。ワインの色は、妙に滲《にじ》んで見えた。

リビングの窓は開いていて、網戸《あみど》越しに澄んだ夜風が吹き込んでいる。その中に、清涼な匂いが漂っていた。庭のミントだ。ミントの匂いは、死者の国の匂いだ。佑哉も、この匂いを感じているんだろうか。

「大好きだったんだよ、俺、佑哉のことが。今も気持ち、変わらないよ。本当だ。佑哉もそうだと思う。今も変わらないはずだよ。だから話したいんだ、佑哉のことをさ……」

ワインがグラスに満ちて、どんどん溢《あふ》れていく。目からぽたぽた流れた涙が、ワインの海に呑《の》まれて消えた。拭かなきゃ——いや、拭かなくてもいいや。気が付いたら父さんと母さんに抱きしめられていて、俺はそう思った。みんな泣いていた。ワインが零れていく音だけが、そっと響いていた。

佑哉は俺のヒーローだ。それは一生変わらない。いつだって優しくて、最後は必ず勝つ佑哉は、他の誰よりも格好良かった。俺はずっと、佑哉の応援をするのがなにより好きだった。ゴールを決めた佑哉は、いつも最初に俺を探してくれたんだ。そんなの、忘れられるわけがない。でも、忘れなくていいんだ。きっと。

青崎家には、大きな風穴が空いている。失ったものは、大切すぎるものだった。本当に——本当に。どんな言葉を尽くしても語ることはできないし、これからなにがあってもそれを埋めることは一生できない。俺も、父さんも、母さんも、佑哉がくれた楽しさや明るさや悲しさや絶望を、いつも胸に抱えて歩いていく。でも、それでいい。佑哉はいつでも、俺たちのそばにいる。胸の中にいる。今この瞬間だってそうだ。どこにいたって、なにをしていたって、なにを感じていたって、いつだってずっと一緒なんだ。だから、俺たちはこれからも生きていける。きっと生きていける。

佑哉がどんな奴だったか、俺たちは夜が明けるまでずっとずっと話し合った。

エピローグ

金曜日は魔女のささやかな休日

黒猫屋《くろねこや》にとって、金曜日はちょっと特別な日だ。

最近の黒猫屋は、ちょっと忙しい。けれど、今日の黒猫屋には誰もいなかった。

「そう——金曜日はこうでなくっちゃね」

店の中にそう声をかけて、わたしは黒猫屋の手入れを始めた。黒猫屋は、店主であるわたしの毎日を支えてくれる大切な場所だ。

しんとしている黒猫屋の店内を入念に掃除《そうじ》して、一息ついて。お気に入りのポットでお湯を沸かす。今日だけは、なにかをしながら次のことを考えたりしないと決めている。

鼻歌が口をついて出る——あらまあ、半世紀近くも前のCMソングだわ。自分に苦笑して、ローズとラズベリーリーフのハーブティーを淹《い》れた。テーブルには、写真立てがもう待っている。

「不思議ね、あなた。……わたし、最近は娘や孫がいっぺんに増えたようなのよ」

ハーブティーを飲みながら、わたしはそう呟いた。今は遠い場所に行ってしまった家族が、写真の中で微笑《ほほえ》んでいる。

金曜日は、愛の日だ。今日のわたしは、愛をなにより大切にする。そのためには、静かな時間と愛のためのハーブティーが必要だった。お気に入りのティーセットに、それから頼もしい相棒への労《ねぎら》いのミルクもね。

「だから、毎日がとっても楽しいわ。きっと、この黒猫《こ》が働き者だからね」

今でも耳には、相棒の柔らかな鳴き声が残っている。それから、移動する時に立てる、微《かす》かな首輪の鈴の音も。

すると、いつもの静寂を破るように、ドアを叩く音が聞こえた。

「淑子さーん、いらっしゃいますかー？」

「はいはい、なにかしら」

腰を上げて出てみると、いつもの配達員が笑顔を見せていた。

「よかった、ご在宅だったんですね。はい、今日のお届け物です！」

「いつもありがとう」

配達員にサインを渡してから、届いた荷物を検分する。

「あら、奈津《なつ》さんからね」

中には、可愛《かわい》らしく赤いリボンでラッピングされた小箱が入っていた。開けてみると、『FOR YOU』と印刷されたカードと一緒に、澄ました黒猫がモチーフになっている綺《き》麗《れい》な香水の小瓶《こびん》が入っていた。

思わず、目尻に笑い皺が寄った。直接渡してくれればいいのに、奈津さんは本当に恥ずかしがり屋だ。今度黒猫屋に来てくれた時には、なにかお返しをしなくちゃ。なにをプレゼントしよう。奈津さんが驚いて、でもとっても喜ぶもの——考え出すだけで、とても楽しかった。

すると、ふと、開いたままのドアの向こうから、外のポストになにかが投函《とうかん》される音が聞こえた。そういえば、ちょうど郵便配達がまわってくる時間だった。

外に出て、ポストを覗《のぞ》いてみて、わたしはまた目を丸くすることになった。そこには、シンプルな模様の入ったグリーンの封筒が入っていた。

「お手紙ね。まあ……、咲羽子《さわこ》さんからだわ」

整った綺麗な字を見て、咲羽子さんらしいなと思う。中には、以前黒猫屋に来た時に渡したハーブ入りのサシェが入っていた。添えられていた便箋《びんせん》を見て、わたしはまた微笑むことになった。

「……淑子さんへ、魔法をどうもありがとうございました。とっても効果がありました」

咲羽子さんが形作るものは、レターセットや文字だけじゃなく、メッセージもシンプルだ。でも、中身はとても柔らかくて優しくて、気遣いに満ち溢《あふ》れている。咲羽子さんは、本当に可愛らしい人だ。

「このお守りの力を、今度は他の誰かに分けてあげてください——か。魔法をかけた甲斐《かい》があったわ。効果があったなんて……」

なにか良い出会いがあったのだろうか。簡潔な手紙の文章に、咲羽子さんの嬉しさが滲《にじ》んでいる気がした。

店に戻ると、またステンドグラスのドアを叩く音が聞こえた。顔を上げる前に、すぐに名前を呼ばれた。

「淑子さん！　……ああ、いらしたんですね。会えてよかった。すいません、突然来ちゃって」

それは、最近この黒猫屋を訪ねてくれた大事なお客様の一人——颯介《そうすけ》君だった。

「まあ、いらっしゃい。颯介君」

「どうも、ご無沙汰《ぶさた》してます。今日はこれから兄の墓参りに家族で行くんです。だから、あんまり時間がないんですけど、どうしても渡したいものがあって」

そう言うと、颯介君はちょっと苦笑を浮かべた。

「ほら、見てくださいよ、これ」

颯介君が差し出してくれたのは、一輪挿しの可愛らしい小さなガラス瓶に差された花だった。なんの花かはすぐわかった。ペパーミントだ。

「あら、綺麗ね。でも、ミントの水耕栽培《さいばい》はダメにしちゃったって言ってたけど、どうしたの？」

「それが……。その時に、ただ枯らすのは可哀《かわい》そうかなと思って、庭に植えてみたんです。そしたら、いつの間にか大増殖《だいぞうしょく》しちゃって。ちょっと整理しようと思って抜いてみても、焼け石に水ですぐに芽を出すんです。でも、いっそミントの庭も悪くないかなって、今はもう父さんや母さんも諦めてます。だから、これは、青崎《あおさき》家の諦め記念に」

「まあ、本当？　それは大変だわ」

颯介君の表現がおかしくて、わたしはついついお腹が痛くなるくらい笑った。

「ごめんなさいね、もっとミントの繁殖力について説明しておけばよかったわ……でも、ミントのグランドカバーなんて、素敵じゃない」

「ええ、これでこの夏は好きなだけモヒートが飲めます」

にやっと笑って、それから頭を下げると、颯介君はさっと黒猫屋を出ていった。けれど、そのすぐあとにまたステンドグラスのドアを叩く音が響いた。

「はいはい。……あら、颯介君、戻ってきてくれたの？」

「はい。ポストにこれが入ってるのを見つけたから、ついでにお届けです。どうぞ、淑子《としこ》さん。ナマモノですよね、なんだろう、これ。ちょっと色が違うけど、変わり種のニンニクかな……」

「いいえ、ニンニクではなさそうよ」

ちょっと笑ってわたしがそう答えると、照れたように颯介君は頭を掻《か》いた。

「黒猫屋には不思議なものが届くんですね……おっと、まずい。そろそろ時間だ。すみません、淑子さん。また来ます！」

それだけ言うと、また風のように颯介君は去っていった。

颯介君がわたしの手に載せてくれたのは、小さな焦げ茶色の球根だった。メッセージの類《たぐい》は、特に付いていない――けれど、それが誰からのプレゼントなのか、すぐにわかった。

「……これは、プチダリアの球根ね」

あの照れ屋な鈴子《すずこ》ちゃんが、たった今郵便受けに入れていってくれたのだ。きっと、直接手渡すのが恥ずかしかったんだろう。鈴子ちゃんが、大事な人と一生懸命贈り物を考える様子が、目に浮かぶようだった。

「いったいどんな花が咲くのかしら。可愛らしいお礼ね。ありがとう、鈴子ちゃん」

そう言ってから、ふと思った。

「あらまあ、不思議ね……いつも静かな金曜日なのに、今日はなんだか騒がしいのねえ」

くすくすと一人笑いながら、青空を見上げる。洗濯物《せんたくもの》を干すのにぴったりの気持ちのいい快晴だった。

「さあ――明日はどんなお客様が来るのかしら」

ハーブティーを楽しんだら、ちょうど洗濯が終わるだろう。明日はきっと雨になるから、洗い立てのタオルでお客様を迎えてあげよう。
そう思ってくるりと踵《きびす》を返すと、ふと、どこかで黒猫の首輪の鈴が鳴った。その音は、まるで黒猫屋での魔女の暮らしを労《いたわ》っているかのようだった――。

【参考文献】
『魔女の薬草箱』 西村佑子著 山と渓谷社
『魔女の手引き 魔女が教える魔術の基本と実践スペル』 ルーシー・キャベンディッシュ著 アールズ出版
『魔女の12か月』 飯島都陽子著 山と渓谷社
『願いを叶える魔法のハーブ辞典』 スコット・カニンガム著 パンローリング株式会社
『いちばんわかりやすい ハーブティー大辞典』 榊田千佳子・渡辺肇子監修 ナツメ社

※この作品はフィクションです。実在の人物・団体・事件などにはいっさい関係ありません。

集英社オレンジ文庫をお買い上げいただき、ありがとうございます。
ご意見・ご感想をお待ちしております。

● あて先
〒101-8050　東京都千代田区一ツ橋2-5-10
集英社オレンジ文庫編集部 気付
せひらあやみ先生

魔女の魔法雑貨店　黒猫屋

猫《ぼく》が導く迷い客の一週間

集英社
オレンジ文庫

2018年4月25日　第1刷発行

著　者　せひらあやみ
発行者　北畠輝幸
発行所　株式会社集英社
〒101-8050東京都千代田区一ツ橋2-5-10
電話【編集部】03-3230-6352
【読者係】03-3230-6080
【販売部】03-3230-6393（書店専用）
印刷所　図書印刷株式会社

※定価はカバーに表示してあります

ISBN 978-4-08-680189-8 C0193

集英社オレンジ文庫

せひらあやみ

建築学科のけしからん先生、天《てん》明《みょう》屋《や》空《たか》将《と》の事件簿

建築学科的ストーカー騒動、
愛する『彼女』誘拐事件、パクリ疑惑……
天才的建築家ながら大学講師として緩々《ゆるゆる》暮らす
天明屋空将が、事件の謎を解く!

好評発売中